문을 열자
그곳에는 미소녀가 있었다 ──

"오랜만이에요,
시라기 모토무 선배."

친구에게 ~~돈을~~ 빌려줬더니
빌린 돈의 담보로서 여동생을 보내왔는데,

난 대체
어떡하면 좋을까

친구에게 500엔을 빌려줬더니 빌린 돈의 담보로서 여동생을 보내왔는데, 난 대체 어떡하면 좋을까

토시조 지음
김희윤 옮김

AK
NOVEL

제1화
친구가 빚 500엔의 담보로 여동생을 보내온 이야기
4

....

제2화
친구의 여동생이 만든 요리에 침을 흘린 이야기
33

....

제3화
미야마에 남매의 이야기
61

....

제4화
친구의 여동생의 그것을 봐 버린 이야기
83

C O N T E N T S

I lent 500yen to a friend,
his sister came to my house
instead of borrowing,
what should I do?
일러스트 유키코

제 5 화
친구의 여동생이 오고 나서 처음 아르바이트를 간 날의 이야기
113

제 6 화
친구의 여동생에 대해 조금 아는 이야기
156

제 7 화
친구의 여동생과 함께 살아가는 이야기
169

번 외 편
내 여름이 시작된 이야기
182

제1화　친구가 빚 500엔의 담보로 여동생을 보내온 이야기

　대체 이게 무슨 일일까.

　나는 눈앞에 펼쳐진 광경이 도저히 비현실적이어서 굳은 채 눈만 깜박이고 있었다.

　한 소녀가 있다.

　햇빛을 받아 반짝이면서 산들바람에 하늘하늘 나부끼는 비단 같은 검은 머리칼.

　똑바로 이쪽을 바라보는 커다랗고 동그란 눈동자. 쭉 뻗은 콧날. 화장을 한 것도 아닌데 굉장히 빨갛게 느껴지는 윤기 도는 입술.

　마치 텔레비전 너머에 사는 듯한, 흠잡을 데 없는 미소녀가 나혼자 사는 맨션 현관문 앞에 서 있었다.

　"오랜만이에요, 시라기 모토무 선배."

　그녀는 원고를 읽는 아나운서처럼 맑고 또렷한 목소리로 정확히 내 이름을 불렀다.

　그래, 그녀와는 오늘 처음 만난 게 아니었다. 잘 아는 사이라고는 할 수 없지만 분명 얼굴은 아는 사이라서 그녀가 내 이름을 알고 있어도 놀랍지는 않았다.

　그렇지만 대체 왜 그녀가 여기에 있는지는 도무지 이해할 수가 없었다. 그도 그럴 것이, 그녀의 방문은 너무나도 뜬금없었고, 나보다 그녀를 훨씬 잘 아는 그 녀석은 이 일에 대해 한마디도 한 적이 없었기 때문이다.

　나를 선배라 부른 여자아이는 나보다 한 살 아래였는데, 마치 그것을 주장하듯 그녀는 고등학교에서 채택한 세일러 교복을 입고 있었다.
　불과 반년 전, 아니, 하복이니까 1년쯤 전까지는 대수롭지 않게 보던 것인데, 지금은 눈부시게 느껴진다.
　압도적인 미소녀 아우라와 현역 고교생이라는 풋풋함에 압도되어 제대로 된 대답도 못한 채 굳어 있는 나를 보며 그녀가 입가에 미소를 띠었다. 그리고—
　"오빠가 빚 담보로 가라고 해서 왔어요. 앞으로 잘 부탁드려요."
　그런 청천벽력 같은 소리를 했다.

◇ ◇ ◇

　대학생은 아마도 두 종류로 나눌 수 있다.
　대학생이 되고 극단적으로 늘어난 자유 시간을 잘 활용하는 유형과 그러지 못하는 유형으로 말이다.

　고등학교에서 대학교로 진학하고 제일 큰 변화는 학점제로 변했다는 것이다.
　일부 고등학교에는 이미 학점제인 곳도 있다고 하지만, 내가 다닌 곳은 수업은 학교에서 짜고 우리 학생들은 그 시간표에 따라 매일 6시간에서 7시간씩 수업을 묵묵히 소화해 내는 방식이었다.

그에 비해 대학교 학점제는 학기별 최대 학점까지는 어느 정도 자유롭게 직접 시간표를 짤 수 있다. 진학이나 졸업에 필수인 학점도 몇 개 있어서 완전히 자유롭다고는 할 수 없지만, 잘 조정하면 매일 점심 이후에 학교에 가거나 주말 외에도 특정 요일에 쉴 수 있다.

1년간의 일정도 고등학교 때는 3학기였지만, 2학기로 바뀌어 여름 방학, 그리고 봄방학이 길어졌다.

이번 8월부터 시작되는 여름 방학은 놀랍게도 약 2개월이나 된다.

사람에 따라서는 이 2개월 동안 여행을 가거나 동아리 활동에 매진하거나 집중적으로 공부를 하는 등 평소에는 하지 못한 무언가에 시간을 할애할 것이다.

하지만 나는 그저 이 긴 방학을 어쩌지 하는 생각밖에 들지 않았다.

그렇다. 나는 대학생이 되어서 극단적으로 늘어난 시간을 잘 활용하지 못하는 유형인 것이다.

"아…… 여름 방학 동안 뭐 하냐."

강의가 끝나고 강의실에서 학생들이 하나둘 빠져나가고 있는 가운데, 여전히 자리에 앉아 있는 미야마에 스바루가 땅이 꺼져라 한숨을 푹 내쉬었다.

스바루는 내 고등학교 친구다. 처음 이야기를 하게 된 계기는 같은 육상부에 들어갔다는 단순한 이유에서였다. 하늘에 떠다니는 구름같이 느긋하고 자유분방한 그의 성격이 함께 있으면 묘하게 편했는데, 상대방도 나에게서 무언가 느꼈는지 금방 친해졌다.

지금은 완전히 베프라고 할 수 있는 사이다. 직접 입 밖으로 내뱉은 것은 조금 부끄럽지만.

"야, 모토무. 너 여름 방학 어쩔 거냐? 어디 여행을 가거나 하지는…… 헉! 너 혹시 여자 친구냐! 여자 친구랑 꽁냥꽁냥?!"

"꽁냥꽁냥은 또 뭐야. 내가 고양이냐."

갑자기 흥분하는 스바루를 보며 나도 모르게 한숨을 쉬었다.

"여행 갈 돈도 없을뿐더러 여자 친구도 없거든? 근데 스바루, 너 그 말 대체 몇 번째 하는 거냐."

스바루는 벌써 여러 번 나한테 여자 친구가 없다고 강조 중이다.

대체 뭐가 안타까워서 저러나 싶었는데, 어째서인지 최근, 여름 방학이 가까워짐에 따라 더 끈질기게 물어 왔다. 여자 친구가 생겼는지, 정말로 없는지.

"스바루, 나한테 여자 친구 없는지 끈질기게 묻는 이유가 사실 네가 여자 친구 자랑을 하고 싶어서 그런 거 아냐?"

"엑?! 내가 여자 친구 자랑을?! 에이, 설마!"

그렇게 말하면서도 목소리는 들떠 있다. 입도 한심하게 헤벌쭉 벌리고 있고.

스바루는 최근 인생 최초로 여자 친구가 생겼다.

고등학생 때부터 틈만 나면 나도 여자 친구 생겼으면 좋겠다고

노래를 부르던, 전형적인 날나리 캐릭터인 놈에게 드디어 여자 친구가 생기다니, 뭐랄까 감개무량하기도 하지만, 생기면 생긴 대로 자랑을 들어 줘야 해서 짜증난다.

스바루는 뭔가를 원하듯이 눈을 초롱초롱 빛내며 나를 바라본다.

'너라면 내가 무슨 질문을 듣고 싶은지 알겠지?'라고 강렬한 시선으로 텔레파시를 보내는 통에 나는 벌써 몇 번째인지 모를 한숨을 쉬었다.

"……스바루, 너는 여름 방학에 뭐 할 거야. 여자 친구랑 함께 보낼 거야?"

"어허! 모토무 이 자식! 그런 건 묻는 거 아니지~"

기쁜 것처럼 헤벌쭉한 얼굴을 하는 스바루. 그리고 그런 그를 아무런 감정 없이 보는 나.

"뭐, 나나미하고 여름 방학 중에 어딘가 가자는 말은 했지. 어디가 좋을까? 역시 가까운 곳이 나을까? 아니면, 여름답게 바다?! 그도 아니면 큰맘 먹고 숙박 각오하고 온천이라든지 가 버려?!"

"알 바냐……."

무엇을 망상하고 있는지, 흥분해서 얼굴을 붉히고 있는 스바루에게 나는 그만 학을 떼고 말았다.

스바루의 그녀, 하세베 나나미와는 나도 아는 사이이다. 굳이 따지면 필수로 들어야 하는 제2외국어가 나와 같아서 친해졌는데, 그를 계기로 스바루와도 알게 되었다고나 할까. 그래서 뭐랄까…… 친구끼리 그런 남녀 관계의 이야기를 듣는 것은 조금 거북하게 느껴진다.

"갑자기 1박 하자고 하면 나나미가 싫어하려나? 너무 훅 밀어붙인다고?"

"몰라. 직접 물어보면 되잖아. 그리고 확 경멸의 눈초리나 받아 버려라."

"냉정하네! 야, 모토무, 부탁 좀 하자. 내 대신 물어봐 주라."

"뭐?"

"내가 물었다가 최악의 경우 음흉한 놈이라고 차일지도 모르잖아!"

"그래서 내가 하세베한테 '온천 가서 자고 오는 거 어때?' 이렇게 물으라고? 상대방 입장에서 보면 이게 더 기분 나쁠 거란 생각은 안 해 봤냐?"

"뭐 어때, 네가 나나미랑 사귀고 있는 것도 아니고."

뭐지, 이 새끼? 머릿속이 꽃밭인가?

불쑥 그런 신랄한 생각이 들 정도로 지금의 스바루는 짜증이 났다.

이대로 가다가는 끝없이 잡고 늘어질 거 같아서 나는 억지로 화제를 돌리기로 했다.

"그보다 스바루, 너 지난번에 빌려 간 500엔 언제 갚을 건데?"

"어?"

"처음 들었다는 듯이 '어?'는 무슨."

한 달 전인가. 나는 지갑을 집에 두고 왔네 어쩌네 하면서 요란 법석을 떠는 스바루에게 500엔을 빌려주었다. 사람들 시선도 아랑곳하지 않고 어찌나 시끄럽게 구는지, 쓸데없이 우리 마음이 더 초조해졌던 것을 또렷이 기억한다.

"뭐, 500엔밖에 안 되니 기를 쓰고 받아 낼 생각은 없지만."

지금도 마침 생각이 났으니 물었을 뿐이고, 그 돈이 없다고 해서 당장 어려운 것도 아니다.

대학 입학과 동시에 독립해서 넉넉하다고는 할 수 없지만 감사하게도 부모님께서 생활비를 보내 주시고 아르바이트도 하고 있다. 특별히 돈이 드는 취미도 없고, 스바루처럼 '여자 친구랑 어디에 놀러 가야 하는데' 하고 고민할 일도 없기 때문에 오히려 조금씩 모이기까지 하고 있다.

이 500엔은 스바루에게서 받아 내는 편이 정신적으로 고통이 더 클 거 같으니 그냥 이대로 안 받아도 괜찮지 않을까 하는 생각까지 들 정도다.

"잠, 잠깐만 모토무! 물론 기억하고 있지! 내가 분명히 500엔 빌렸잖아! 그리고 아직 갚지 않았고!"

어째서인지 갑자기 허둥거리는 스바루. 이상한 반응이지만 생각났다니 다행인가……?

"가만있자…… 500엔이라…… 큰일이네……."

"스바루?"

"500엔을…… 딱 어제 써 버려서 지금 수중에 쥔 돈이 없네……."

"뭐? 너 지금 500엔도 없어?"

나는 기가 막혔다. 이 녀석, 나처럼 자취 중이면서 재정 상태가 아슬아슬한 수준도 아니고 이미 절벽에서 떨어져 곤두박질치고 있단 말이야?

"아니, 그렇게까지 말할 건 아니고! 월세나 핸드폰비 같은……

그런 고정 지출비를 제외하면 그, 돈을 갚을 여유가 없다고 할깝
쇼……."

"난 또. 그럼 됐어. 안 갚아도 돼."

"아니! 그래서는 사나이 미야마에 스바루의 이름이 울지! 나를
지금까지 키워 주신 부모님 얼굴을 뵐 면목도 없고!"

"그렇게 따지면 처음부터 빌리지 말았어야지."

참고로 스바루네는 제법 부자다. 집에도 몇 번 놀러 갔었는데,
꽤 큰 집에 살고 있어서 나도 모르게 일반 직장인 집안인 우리 집
과 비교하게 될 정도였다.

그런데 확실히 뵐 낯이 없겠네. 500엔에 벌벌 떨고 있는 상황이
라면.

"그런데 스바루, 너 생활비랑 월세 같은 거 전부 부모님이 내주
시잖아. 그럼 500엔 정도는……."

"500엔 때문에 부모님께 무릎을 꿇고 손 벌리라고? 악마냐? 사
탄이야?!"

"아, 아니, 누가 그렇게까지 하래……?!"

목에 핏대를 세우고 따지는 바람에 서둘러 말을 정정한다.

왜 내가 비난을 받는지 모르겠지만…… 아마 이 녀석도 많이 힘
들어서 그런 거겠지…….

"아무튼 모토무, 빚은 반드시 갚는다! 갚는데…… 조금만 기다
려 줘."

"알았어."

"아, 역시 그렇겠지. 빨리 돌려받고 싶겠지…….."

"아니, 알았다니까?"

"너의 불만 가득한 마음도 잘 알았다. 그럼 어쩔 수 없지!"

"내 말 안 들리냐?"

이상한 스위치가 눌려서 완전히 자기만의 세계에 빠진 스바루에게 더는 어떤 말을 해도 소용이 없었다.

아무래도 골치 아플 말을 할 것 같다는 예감이 들지만, 지금까지의 경험상 억지로 끄집어낸다고 해도 결국 귀찮아지는 것은 똑같기에 이대로 그냥 놔두기로 했다.

"빚을 상환할 때까지 저당을 잡는 건 어떠냐!"

"저당?"

빚의 저당. 즉 담보.

아니, 500엔이 담보를 걸 정도의 금액이야……?

"야, 스바루. 내가 빌려준 건 500엔이야."

"알아! 내 목숨 대신이라고 해도 좋을 만큼 특별하고 소중한 담보야! 각오하고 기다리라고!"

아, 이런 글러 먹은 놈. 빚 담보라는 명목하에 그냥 무언가를 자랑하고 싶을 뿐인 거네.

하긴, 500엔의 대가로 목숨을 대신할 것을 내놓다니, 아무리 스바루라 해도 너무 멍청한 짓이지.

"……그래, 그럼 각오하고 기다릴게."

내가 그렇게 대답하고 대화는 일단락되었다.

뭐, 이 담보 이야기는 어쩌다 흘러나온 바보 같은 이야기니 굳이 기억할 필요는 없겠지…….

◇ ◇ ◇

"헉!"

"……? 선배?"

지금 본 것은 뭐지? 주마등? 아니, 생명의 위기를 느낀 것은 아니다.

그, 그래. 나는 집으로 찾아온 여고생의 말도 안 되는 이야기에 정신이 아득히 먼 곳으로 날아가 버렸다. 그래 봤자 고작 몇 초밖에 안 되지만, 아무튼…….

"음, 저기."

"네."

"미야마에 아카리, 였지? 스바루의 동생."

"……네!"

아주 잠깐의 정적 후, 만면에 눈부신 미소를 지으며 고개를 끄덕이는 여고생——아카리.

그렇다, 그녀는 방금 흘러간 주마등 속에서 등장했던 친구——아니, 웬수, 미야마에 스바루의 친여동생이었다.

"그, 아카리?"

"네, 말씀하세요, 선배."

"내가 잘못 들은 거라면 다행인데 말이야. 그 방금…… 빚 담보가 어쩌고저쩌고 하지 않았어?"

"제대로 들으셨어요. 저는 오빠가 진 빚의 담보로 여기 온 거예요."

"아, 그래? 아, 그렇구나…….

납득하고 말뜻을 이해하려 하지만 결국 그러지 못하고 머리를 꾹 누르는 나.

여름을 알리는 매미의 울음소리가 이상하게 머릿속에서 웅웅 울리듯 들린다. 그래, 이미 오후 12시가 지났지만 여름 방학이라는 이유로 늘어지게 늦잠을 자다가 이제 막 일어난 상태라 이런저런 생각을 하기에는 아직 머리가 맑지 않으니——

"일단 들어올래?"

"아…… 네! 실례하겠습니다!"

일단 응급책으로 그녀를 집 안에 들이기로 했다.

아니, 그렇지 않은가. 여름 땡볕 아래에 계속 내버려 둘 수도 없는 노릇이고, 집 앞에 여고생이 서 있으면 왠지 이웃들이 이상한 오해를 할 거 같고!

아니 뭐, 빚 담보라고 말하는 여고생을 집에 불러들이는 것도 엄청난 일처럼 들리기는 하지만!

마주 선 아카리는 머리를 깊이 숙인 채 싫어하는 기색도, 절망하는 기색도 없이 어쩐지 안도의 한숨을 내쉬었다. 그 모습에서 그녀도 이 상황이 힘들다는 것을 어렵지 않게 알 수 있었다.

"보자, 보리차 마실래?"

"아, 괜찮아요. 신경 안 쓰셔도…….."

"쓸 거야. 땀도 많이 흘렸으니."

역에서 꽤 거리가 있어서 걸어오는 것만으로도 상당히 지쳤을 것이다. 땀 때문에 여름용 세일러복 안이 슬쩍 비치고 있었다.

그러나 다행히도 그 안에 바로 속옷이 아니라 캐미솔 같은 것을 한 겹 더 입고 있어서 눈을 어디다 둬야 할지 모를 사태는 일어나지 않았다.

일단 아카리에게 앉으라고 방석을 내준 뒤 냉장고에 만들어 둔 보리차를 컵에 따른다. 아, 얼음을 넣는 게 좋으려나.

"저, 선배."

방석 위에서 예의 바르게 앉아 있던 아카리가 조심스럽게 입을 열었다.

"실례가 되지 않는다면 그, 설탕 좀 주실 수 있을까요……?"

그렇게 말하고는 얼굴이 빨개져서 고개를 숙이는 아카리.

실례라는 말이 보여 주듯 손님 입장에서 요구를 하는 것이 민망하다고 느낀 것일지도 모른다.

"설탕…… 스틱 설탕도 괜찮을까?"

"아, 괜찮아요! 고맙습니다."

집에서 커피를 마셔 보려고 사 놓길 잘했다. 결국 몇 개 쓰지는 않았지만.

아카리는 긴장이 풀린 표정으로 스틱 설탕을 받더니 내가 준 보리차 안에 뜯어 넣었다.

"아…… 차가우면 잘 안 녹을지도."

"괜찮아요. 조금 남아 있는 것도 좋아해서. 후후, 달달하고 맛있어요."

설탕이 들어간 보리차를 마시며 기쁘다는 듯이 미소를 짓는다.

그런 그녀의 모습에서 묘한 그리움이 느껴진 것은 보리차에 설탕을 넣어 먹는 방법이 내가 초등학생일 때 잠깐 유행했기 때문일까.

떠올려 보건대 어느 집에나 있는 보리차를 색다르게 마실 방법이 없는지 친구들끼리 이것저것 시도했던 게 시작이었던 것 같다.

아카리도 비슷한 경험을 했을지도 모른다. 나는 언젠가부터 설탕 보리차는 졸업했지만.

"음, 인사가 늦었지만 일단 오랜만이야."

"예, 오랜만이에요, 선배. 선배 졸업식 이후로 처음이네요."

아카리는 좌식 테이블을 사이에 두고 앉은 내 쪽으로 자세를 고쳐 앉으며 그렇게 말했다.

졸업식이라…… 고작 5개월 전인데 벌써 그립네.

"선배, 혹시 기억하시나요? 졸업식이 끝나고 인사를 드렸었는데……."

"당연히 기억하지."

5개월밖에 안 된 일인데 어떻게 잊을까. 스바루와 함께 있어서 그런 거겠지만 굳이 내가 있는 쪽까지 달려오더니, 체온이 올라갔는지 얼굴을 붉히고 조금 거칠게 숨을 쉬면서…… 매우 긴장한 표정으로, 그럼에도 눈부신 미소를 지으며 축하 인사를 해 준 모습은 몹시 인상적이었다.

그녀는 재학생이고 졸업식의 주인공은 아니었지만 마치 스포트라이트를 받고 있는 것처럼 주목을 받았다.

"그때는 스바루와 친구라서 행복하다고 진심으로 생각했지."

"네? 그게 무슨 뜻이에요?"

"아카리같이 인기 많은 사람한테 축하받을 일은 거의 없으니까."

그녀는 한 살 아래지만, 우리 학년——아니, 전교생 사이에서 화제가 될 만큼 유명했다.

귀여운 외모에 성격도 밝은 데다 우아함까지 느껴져서 '정말 그 스바루의 동생 맞아?' 하고 의심을 한 적이 한두 번이 아니다.

"이, 인기라뇨, 그런 거 없어요…….."

아카리는 그렇게 말하면서 얼굴을 붉히고 고개를 숙였다.

아차. 면전에 대고 인기 있다는 둥 하면 본인 입장에서는 어떻게 반응해야 할지 모르는 게 당연하겠지.

"어, 음…… 보리차 더 마실래?"

"아, 네. 부탁드릴 수 있을까요?"

"당연히 되지."

조금 티 나게 이야기를 끊은 뒤 빈 컵을 가지고 자리에서 일어났다.

그리고 주방에서 보리차를 따르다──뜬금없이 유리컵 테두리에 묻은 입술 자국이 눈에 들어왔다.

립스틱은 바르지 않은 것 같던데 립밤일까. 꽤 선명하게 자국이 남았네…….

'아니, 잠깐. 무슨 생각을 하는 거야! 상대는 친구의 여동생이라고!'

스멀스멀 올라오는 이상한 감정이 구체화되기 전에 스스로를 다잡으며 꾹꾹 내리누른다.

아무리 요즘 스바루에게 여자 친구가 없다고 계속 긁었다 해도 그 여동생에게 이상한 감정을 품는 건 너무 비도덕적이지.

'그러고 보니 혼자 살기 시작한 후로 집에 여자가 찾아온 건 처음…… 아니, 생각하지 마, 생각하지 말라고!'

떠올리기 시작하면 끝없이 이어질 거 같은 생각을 차단하며 보리차를 새로 따른 유리컵과 스틱 설탕 한 개를 아카리 앞에 놓는

다.

"자, 마셔. 그럼 다시 본론으로 돌아가서, 아카리는 왜 우리 집에 온 거야?"

그리고 바로 화제를 전환한다. 드디어 본론, 이 상황에 대해.

"아까 말했듯이 오빠의 빚 담보로서 온 거예요."

돌아온 것은 처음과 똑같은, 농담이라고밖에 생각할 수 없는 대답이었다.

매우 해맑게 웃는 아카리에게서는 나를 놀리는 기색은 찾아볼 수 없었다…….

"저기, 지적할 게 한두 가지가 아니긴 한데…… 일단 내가 스바루, 그러니까 네 오빠한테 빌려준 액수는 알고 있니?"

"네 500엔이요."

"아, 제대로 알고는 있구나."

대부분의 경우 상황을 정확히 파악하고 있는 것은 좋은 일이지만 이번 경우는 다르다.

왜냐하면 지금 아카리는 500엔이라는 빚 대신 왔다고 인정한 셈이기 때문이다. 다시 말해 그녀의 가치가 500엔이라는 소리.

미야마에네 금전 감각 무슨 일이야. 부자면서 센(銭)이나 리(厘) 같은 옛날 고리짝 화폐 가치로 아직 세상을 살고 있는 거야?

"500엔짜리 동전 한 개라 해도 돈을 빌린 건 변함없는 사실이에요. 갚을 수 없다면 몸으로라도 때운다. 그것이 세상의 상식이죠."

"무슨 그런 오버를……."

"오버가 아니에요! '1센에 웃는 자, 1센에 운다'라는 말도 있잖아요. 1센은 0.01엔이니 500엔이면 그의 5만 배예요. 1센을 한 번으로 환산했을 때 500엔을 우습게 알면 5만 번 운다는 계산이 나와요. 그렇게 울면 탈수 증상으로 죽고 말아요!

농담인지 진담인지…… 어쨌든 엄청난 기세로 단언하는 아카리.

그 눈은 몹시 힘차고 반짝거려서 어중간한 말로는 말릴 수 없을 것 같은 느낌이 든다.

"그러니 선배!"

"으, 응?"

"오빠가 탈수 증상으로 쓰러지면 저는 둘째치고 부모님께서 충격을 많이 받으실 거예요. 부모님을 슬픔에 빠트릴 수는 없으니 오빠가 빚을 갚을 때까지 제가 기꺼이 선배의 것이 될게요! 이건 이미 결정된 사항이고 천지가 뒤집혀도 번복할 수 없어요!"

"내 의견은——"

"필요 없어요!"

"아, 필요 없구나."

어쩐지 그럴 거 같았다. 아카리도 기세로 밀어붙인다는 느낌이었고.

하지만 나는 일단 채권자인데. 이렇게까지 발언권이 없는 채권자가 대체 어디에…….

……그런 체념과 기막히다는 감정이 얼굴에 드러났나 보다. 아카리가 한 풀 꺾인 기색으로 불안하다는 듯이 고개를 숙였다.

"저, 선배. 너무 거절하시면 아무리 저라도 상처받아요…… 제가 500엔의 가치도 없나요……?"

"아, 아니, 거절한다거나 그런 게 아니라…… 그리고 애당초 사람에게 가격을 어떻게 매겨!"

"선배, 그렇게 말하기는 하지만, 근로가 됐든 뭐가 됐든 자신의 몸과 시간을 팔아서 대가를 얻는 것이 현대 사회의 시스템이에요. 스마일 0엔이라는 말도 있지만, 그 스마일에도 시급은 발생하고!"

"경제는 차갑네……."

"라고 릿 쨩이 말했어요."

"누군데 그게?"

"패스트푸드점에서 아르바이트를 하고 있는 제 친구예요. 가만…… 이미 관뒀던가?"

"나한테 묻지 마!"

릿 쨩이 누구인지는 모르겠으나, 아마 아카리는 이 빚의 담보가 아르바이트와 거의 같다는 말을 하고 싶은 모양이다. 밥값이 없는 사람이 그 대신 설거지를 해서 용서를 받는 것처럼.

"그러니까 선배, 어떤 일에든 사양하지 마시고 저를 써 주세요. 선배에게라면…… 저, 어떤 일이든 받아들일 각오가 되어 있어요."

"아니, 그런 처절한 각오는 어디서 오는 건데!"

"처절한 건 아닌데……."

고개를 갸웃하는 아카리. 어떤 짓을 하든 받아들이겠다며 몸을 바치는 일에는 꽤 처절한 각오가 필요하다고 생각하는데…….

뭐가 됐든지 친구의 여동생을 장시간 집 안에 두는 것은 정신적으로 별로 좋지 않았다. 계속 빚 담보니 뭐니 떠드는 것도 듣기 힘드니, 그냥 그녀가 말하는 대로 후딱 500엔어치 일을 시키고 스바루의 빚을 탕감해 주는 쪽으로 하자.

"알았어. 그럼 아카리."

"네, 네!"

아카리는 어깨를 흠칫하며, 긴장한 표정으로 나를 본다. 혹시 내가 이상한 부탁을 할 거라고 생각하는 걸까. 어쩐지 조금 충격이네.

그런데 정말 무슨 부탁을 하면 좋을까…… 솔직히 너무 갑작스러워서 아무런 생각도 떠오르지 않는다.

사실 이 모든 것은 스바루가 계획한 몰래 카메라고, 어느 시점에 그 녀석이 카메라를 들고 집으로 들이닥치는 일이 있을 수도 있지만, 솔직히 받아들이기 힘든 이 상황이 해결된다면 뭐든 좋았다.

절대 아카리랑 함께 있는 게 싫다거나 힘들다는 뜻이 아니다. 오히려 잘 모르는 사이지만 호감을 느끼고 있는 쪽이다. 오빠를 생각하는 마음이 기특한 애고.

다만 오빠를 생각하는 마음이 빚 500엔의 담보가 될 정도일 줄은 생각도 못 했다고나 할까…….

어쨌든 지금은 양쪽 모두 '이 정도면 500엔어치 노동이 맞다'라고 납득할 만한 뭔가를 부탁하고 이 일을 마무리 짓는 게 급선무다. 그게 서로를 위한 일이야.

"좋아, 정했다. 아카리, 어떤 일이든 한다고 했지?"

"윽……! 네, 당연하죠……!"

"그럼…… 우리 집 청소를 부탁해 볼까."

"…………네?"

어째서인지 반응이 돌아오기까지 약간의 시간이 걸렸다.

여고생에게 남자 혼자 사는 집을 청소하라는 건 너무한 일이기는 하지만, 이런 상황에서 하는 부탁치고는 평범하지 않나?

그러나 아카리는 경멸하지도, 그렇다고 흔쾌히 받아들이지도 않고 약간 어이가 없다는 듯이 실망한 반응을 보였다.

"저기, 선배. 청소라 하셨나요?"

"으, 응."

"선배가, 아니라 이 집을?"

"나? 아니, 말했다시피 이 집을 해 줘."

"하아……."

노골적으로 한숨을 쉬었어?!

"……알겠어요. 서두르면 일을 그르친다는 말도 있고, 저도 마음의 준비가 되지 않았다고나 할까요."

"아카리? 아, 미안. 청소가 그렇게 싫으면 다른 걸——"

"아니에요. 저 청소 잘해요. 그리고 그쪽 방면으로 점수를 따 놓는 것도 중요하니까…… 열심히 할게요!"

그렇게 말하며 아카리는 힘차게 고개를 끄덕였다.

점수를 딴다고 하지만 빚은 고작 500엔이다.

시급으로 환산하면 얼마인지는 모르지만, 낮게 책정해도 한 시간 안에는 빚을 다 갚을 것이다.

그렇게 한 시간 뒤.

"후우…… 이 정도면 될까요?"

아카리가 만족스러운 미소를 지으며 이마에 맺힌 땀을 닦았다.

막 자취를 시작한 터라 물건도 적고 별로 더럽지 않다고 생각했지만, 그럼에도 분명하게 비포, 애프터를 느낄 정도로 집은 깨끗해졌다.

신기하게도 집 전체가 반짝반짝해 보인다.

"선배, 어때요?"

허리에 손을 올리고 가슴을 펴며 자신만만한 미소를 짓는 아카리. 청소를 하기 위해 세일러복 위에 앞치마를 한 모습은 꽤 그럴 듯했다.

"굉장하네…… 이사 왔을 때보다 더 깨끗해 보여."

"후훗, 다행이네요."

아카리는 기쁜 듯 미소를 지으며 청소 도구를 각각 원래 들어 있던 케이스에 넣고 들고 온 백팩에 넣었다.

그렇다, 이번에 쓴 청소 도구는 전부 아카리가 가지고 온 것이었다. 들고 다니기 좋은 크기기는 하지만, 굳이 가지고 왔다는 점에서 어떠한 의지가 느껴졌다.

소문대로 성실한 아이인가 보다. 왠지 더 미안해진다.

"그럼 앞으로 매일 청소할게요."

"매일? 아니, 그건 좀……."

솔직히 지금 일한 양으로 보나 퀄리티로 보나 500엔을 훌쩍 넘고도 남을 것 같은데, 이런 일을 매일 시킨다면 이번에는 내가 대출을 해야 할 판이었다.

게다가 설사 돈을 지불하지 않는다 해도 매일은 물리적으로 힘들었다.

당연한 말이지만 아카리의 집은 스바루의 집이고, 거기서 여기는 신칸센을 타고 올 정도로 거리가 멀다. 내 본가 옆 동네기도 하고…… 그렇기에 그녀가 여기에 있는 게 엄청 신기한 것이다.

　"사양하지 마세요. 저는 선배 거니까 얼마든지 부려 먹어도 돼요."

　"내 거라니…… 아무튼 더는 안 해 줘도 돼. 지금 해 준 것만 해도 충분히 500엔 이상의 값어치는 했다고 생각해. 이 정도면 빚을 다 갚았다 봐도 되지 않을까?"

　"그게 무슨 말이에요, 선배. 빚을 갚으려면 한참 멀었어요."

　어째서인지 아카리가 어이없다는 듯 한숨을 내쉬었다.

　"잘 들으세요, 선배. 이 집 월세가 관리비 포함해서 총 7만 엔이죠?"

　"어? 그걸 어떻게──아, 스바루인가."

　"7만 엔을 한 달, 그러니까 30일로 나누면 하루당 약 2300엔 꼴이에요. 방금 한 청소 한 시간이 시급 1000엔이라고 가정해 보죠. 그걸로 월세를 해결한다 해도 아직 1000엔이 모자라요."

　"집세는 내가 내는 거니까 아카리가 일한 것과는 상관이 없지 않을까……?"

　"선배! 중간에 말 끊지 마세요. 그럼 절반으로 하죠. 그렇지만 2300엔을 2로 나눠도 1150엔이니, 여전히 모자란 건 마찬가지죠."

　어째서인지 혼나고 있지만, 여전히 아카리가 하는 말은 이해할 수가 없었다.

　그녀가 월세를 부담한다는 가정은 그녀가 여기에 살지 않으면 애당초 성립되지 않은 거 아닌가……?

"그럼 제 이야기를 들은 선배는 제가 한 시간 더 일해서 1000엔을 벌면 500엔 빚은 문제없이 갚는다, 그렇게 생각하시겠죠?"

"미안. 월세 이야기에서 생각이 멈춰 있어."

"하지만 한 시간은 고사하고 일반적인 1일 노동 시간, 그러니까 여덟 시간을 추가로 일한다 해도 결코 빚은 다 갚을 수 없어요!"

"아, 그냥 진행하는구나."

아카리는 내 말이 들리지 않는 것처럼 큰 소리로 외쳤다.

마치 길거리에서 연설을 하는 정치가처럼 박력이 넘쳤다.

"왜냐면 땀 흘려 8000엔을 벌어도 그 돈은 집세 외에 전기세나 수도세 같은 걸로 나가니까!"

"아니, 그렇게 많이 안 나와!"

"하지만 선배. 저는 매일 스마트폰 충전하고 싶은데……."

"그 정도는 얼마 안 해!"

그렇게 아득바득 인프라로 돈을 갈취했다면 지금쯤 이 나라에는 아무도 남아 있지 않겠지.

아무리 그게 없으면 생활이 되지 않는다고 해도 인질도 적당히 잡아야…… 어라? 잠깐만.

아까부터 월세라는 둥 매일이라는 둥, 뭔가 중요한 것을 놓치고 있는 듯한데……?

"흠, 흠, 뭐 아무튼 월세나 전기세 같은 거뿐만 아니라 사람은 숨을 쉬는 한 비용이 드는 법이죠. 게다가 오늘부터 선배의 집에서 살게 됐으니 선배의 정신적 부담을 생각하면 위자료 차원에서――"

"잠, 잠깐! 산다고? 오늘부터 여기서 산다는 거야?!"

"예, 맞아요."

당연한 걸 왜 묻냐는 표정으로 고개를 갸웃하는 아카리. 잠깐만, 아니아니!

"왜 그렇게 되는데?! 난 그런 이야기 들은 적 없어!"

"어, 하지만 저는 빚 대신이고, 선배의 것이고, 또 옆에 없으면 봉사를 할 수가 없잖아요."

"……설사 그 빚의 담보라는 것을 인정한다 해도 아카리는 오빠네 집으로 갈 줄 알았는데."

"그럴 수 없어요. 오빠는 오늘부터 재판에 갔거든요."

"재판?!"

그 녀석, 결국 무슨 일을 저지른 건가. 그럼 500엔을 갚느니 마느니 할 때가 아니잖아…….

"아, 죄송해요. 발음이 뭉개졌네요. 사이판이에요, 사이판."

"사이판이라면 그……?"

"북마리아나 제도 사이판이요."

"이 철부지 도련놈이……! 사이판에 갈 정도면 돈을 갚을 여유 있는 거잖아……!"

게다가 온천 여행은 어떠냐니 고민해 놓고 뜬금없이 해외여행?!

"아무튼 그래서 선배한테 쫓겨나면 저는 갈 곳을 잃고 바깥세상을 방황해야만 해요. 부모님께도 오픈 캠퍼스에 가는 김에 오빠한테 공부를 배우겠다고 말해 놔서."

"그런데 사이판에 간 거구나."

"네."

다시 말해 부모님에게 거짓말을 하고 왔다는 말이 된다. 그 정도인가, 빚의 담보라는 게.

"저, 선배. 그래도 안 되나요……?"

"윽……."

방금까지 차분하게 있더니, 갑자기 불안해졌는지 나를 살짝 올려다보며 조심스럽게 묻는 아카리.

이래저래 이해가 안 가는 것투성이지만, 그렇다고 전혀 모르는 것도 아닌 친구의 여동생을 밖으로 내몰고 모른 척할 수는 없었다.

만일 내보낸다 해도 바로 걱정과 죄책감이 들어 마음이 편치 않을 것이다.

하지만 아무리 친구 동생이라 해도 성별이 다른, 거기다 이런 미소녀를 묵게 하다니, 만에 하나 사고라도 생긴다면——

아, 머리가 어질어질해졌다.

그냥 흐름에 몸을 내맡길까? 아니, 그렇게 쉽게 생각할 문제가 아니야.

그렇게 머릿속에서 치열한 공방을 벌이고 있는데, 갑자기 띵동하고 경쾌한 차임벨 소리가 집 안에 울렸다.

"아, 왔네요."

나보다 먼저 반응한 아카리가 그대로 현관 쪽으로 간다. 뭔데?

"후훗, 드디어 왔어요."

현관에서 돌아온 아카리는 여행에 들고 갈 법한 커다란 케이스를 가지고 왔다.

"아, 아카리, 그거——"

"네, 맞아요. 여기서 지낼 때 입을 옷이랑 필요한 것들이에요. 계속 교복만 입고 있을 수는 없으니까요."

아무래도 작정하고 눌러앉을 생각으로 미리 짐을 택배로 보낸 모양이다.

상당히 용의주도하고…… 잠깐만. 어라? 이거 내가 빠져나갈 길을 하나하나 끊고 있는 거 같은데……?

"그리고……."

방에 캐리어를 두고 다시 현관으로 향하는 아카리. 그리고 돌아온 그녀가 끌어안고 있는 것은——

"이불이에요!"

"이불?!"

"계속 맨바닥에서 자면 아무래도 신경 쓰이실 거 같아 샀어요."

"아니, 왜 당연하다는 듯이 말하는데?!"

"아, 걱정 마세요. 이 이불 값은 필요경비니 빚하고는 상관없어요."

"걱정이고 뭐고 그거 누가 봐도 500엔 이상이잖아!"

"그렇지만 니○리고……."

"니○리라서 뭐?!"

"가격 이상의 값어치를 하니까 실질적으로 플러스마이너스 제로예요!"

이 아이, 정말로 똑 부러지고 야무지다고 평가받는 그 미야마에 아카리가 맞나? 쌍둥이 자매거나 그런 거 아냐?

매우 합리적이라는 듯이 뿌듯해하는 표정을 지으며 당당하게 말하는 아카리를 보며, 나는 그런 무례한 생각을 하지 않을 수 없었다.

그렇다 하더라도 갈아입을 옷에 각종 생활용품에, 그리고 작정하고 구입한 이불이 눈앞에 있는 것은 부정할 수 없는 사실이었다.

휘몰아치듯 급속도로 끊긴 길은 너무 완벽하게 끊어져서, 마치 사방이 낭떠러지인 양 도망칠 길이 하나도 보이지 않았다.

"그러니 선배."

그리고 그것을 멋지게 해낸 아카리는 오늘 본 것 중 가장 눈부신 미소를 지으며 나를 바라봤다.

"오늘부터 잘 부탁드려요!"

"……언제까지 있을 예정인데……?"

더는 저항할 기운도 없어서, 항복 선언에 가까운 질문을 했다.

이제 겨우 낮 12시가 지났을 뿐인데 어쩐지 몹시 피곤하다.

"당연히 오빠의 빚 문제가 해결될 때까지요. 아니면 제 목적이 달성될 때까지거나."

"아카리의 목적……?"

"내용은 비밀이에요. 달성하게 되면 그때 말할게요. 아니지, 그때는 싫어도 알게 되려나…… 헤헤."

아카리는 부끄러운 듯이 볼을 붉혔다. 아니, 전혀 모르겠는데요.

"어느 쪽이 됐든 여름 방학 동안에는 결론을 내고 싶어요!"

"그, 그렇구나."

여름 방학 동안이라…… 고등학교 여름 방학도 거의 한 달이다. 꽤 길다는 뜻이다.

한 달 동안 그녀와 한 지붕 아래에 살면서 과연 이성을 유지할 수 있을까?

아카리도 내가 그런 짓을 할 사람이 아니라고 생각하니까 이렇게 혼자서 찾아온 것이겠지만…… 아니, 물론 그런 경험이 전혀 없기는 해도 일단은 나도 남자인데.

"이건 진지하게 받아 두는 게 좋겠네……."

"후훗, 너무 그렇게 초조해하지 마세요. 느긋하게 가 봐요, 선배."

그렇게 미소를 짓는 아카리는 마치 앞으로 펼쳐질 생활을 기대하고 있는 것처럼 보였다.

낯을 가리지 않는 그녀의 밝은 성격 덕택에 어색하지는 않았다. 하지만——

"훗, 어쩐지 한껏 떠들었더니 목이 마르네요."

너무 자유분방한 감도 없지는 않았다. 뭐, 자유로운 영혼을 상대하는 건 아카리의 오빠 덕분에 이골이 났지만.

"예이 예이, 차를 더 대령하겠나이다."

"에헤헤, 감사합니다."

아까보다 훨씬 묵직해진 엉덩이를 간신히 들어 올리고는 주방으로 가 빈 유리컵에 차를 따른다. 이번에는 내 거까지 두 잔.

아카리의 요청대로, 그녀의 컵에 설탕을 넣고——무심결에 내 것에도 넣어 본다.

"음…… 역시 달아."

그 맛은 묘하게 그리웠지만, 그 시절보다 훨씬 단 것처럼 느껴졌다.

제2화 친구의 여동생이 만든 요리에 침을 흘린 이야기

"아! 설거지는 제가 할게요!"

빈 유리컵 두 개를 들고 아카리가 일어났다.

그녀는 기분이 좋은 듯이 콧노래를 부르며, 청소할 때 묶었던 포니테일을 살랑살랑 흔들면서 주방으로 사라진다.

뭐, 주방이라 해도 자취방이란 공간에 걸맞게 거실 문 너머 복도에 설치된 간소한 것이지만.

그나저나 다시 생각해 봐도 이 상황은 좀처럼 익숙해지지 않는다.

대학에 들어가면서 혼자 살게 된 지 약 4개월이 지났지만, 지금까지 내 집을 온 사람은 죄 시커먼 사내놈들뿐이었고, 여자는 이번──아카리가 처음이다.

아, 안 되겠다. 자각하니 쓸데없이 긴장이 된다.

고등학교 때까지 거슬러 올라가 봐도, 여자 사람 친구는 있었지만, 여자 친구가 있던 적은 없었다. 당연히 고백을 한 적도, 받은 적도 없는…… 연애 관련 이벤트와는 일절 인연이 없는 학창 시절이었다.

오히려 위원회에서 함께했던 애가 잠깐 일 얘기를 했다고 도망간 적은 있었지만…….

중학교 때까지 가면 더 비참하다. 오로지 부 활동에 전념한 기억밖에 없다. 친하게 지낸 이성은 후배인 매니저 정도일까.

엮일 일이 많았던 만큼 그녀는 나를 잘 따랐지만, 남녀 사이라기보다 여동생이 있으면 이런 느낌이겠구나 하는 거리감이었기 때문에 경험으로 치기는 힘들다.

그런 이유로 청춘을 손톱만큼도 즐기지 못한 내가, 이런 비좁은 방에서 나보다 어린 여자아이와 단둘이 지낸다는 것은 아무래도 난이도가 높지 않을까.

게다가——왠지 얼굴로 사람을 판단하는 것 같겠지만 그래도 도저히 무시할 수 없는 중대한 요소로서——미야마에 아카리는 미소녀다.

한 살 아래의 고등학생을 아이라고 표현해도 될지는 조금 애매하지만, 조금 앳된 느낌도 있다. 정확히 '귀여움'과 '아름다움'의 경계에 있는 매력을 풍긴다.

몸매도 좋다. 세일러복 위로도 알 수 있을 만큼 가슴 볼륨이 있는 편이었고, 그로 인해 옷이 딸려 올라가 드문드문 허리 부근이 드러났다. 일단 캐미솔에 가려져 있기는 하지만 군살 없이 탄탄하고 늘씬하다는 것은 알 수 있었다——

"아니, 뭘 찬찬히 분석하고 있는 거야 난?!"

머리를 흔들어 머릿속에 떠오른 아카리의 모습을 억지로 지운다.

그녀가 미소녀라는 것은 이제 와서 다시 생각할 필요가 없다. 고등학생이었을 때도 다른 학년인데도 불구하고 그녀의 평판은 자주 들었다.

……그러고 보니 고2 때부터 스바루가 일주일에 두세 번 정도 도시락을 두고 와서 그때마다 아카리가 점심시간에 우리 반까지 가져다준 것이 떠올랐다.

당연히 우리 반에도 아카리의 팬이 많았다. 그것도 남자, 여자 가리지 않고 말이다.

아카리는 예의 발라서 교실에 올 때마다 굳이 나에게도 인사를 해 줬다. 뭐, 내가 매일 스바루와 점심밥을 먹으니 무시할 수 없다는 이유가 컸겠지만.

솔직히 특혜라는 생각도 없지는 않았다. 몇 번을 봐도 질리지 않는 미소녀였으니까. 매번 부지런하게 도시락을 주러 오는 모습을 보면 힘들겠다고 생각하면서도 오빠를 생각하는 마음이 대단한 아이라며 흐뭇해졌다.

그래, 그녀는 오빠를 끔찍하게 생각하는 마음이 착한 아이다.

이번 빚 담보니 하는 이야기도 오빠를 생각하는 마음이 조금 과해서 생긴 결과일지도 모른다.

웬만하면 선배들이 있는 교실에 오기 힘들었을 텐데도 매번 부지런하게 도시락을 가지고 오던 모습이 떠오른 지금, 그보다 더 오기 힘들었을 우리 집까지 굳이 찾아온 그녀를 매정하게 내칠 수가 없었다. 그러기에는 가슴이 아팠다.

스바루 이 자식. 무슨 생각으로 빚 담보랍시고 동생을 보낸 거야. 사탄도 한 수 접을 놈. 다음에 만나면 흠씬 패 주고 말리라.

　게다가 고작 500엔. 아니, 1000엔이거나 10000엔이었으면 하는 이야기는 아니지만…… 적어도 내 죄책감이 조금이라도 적어질 정도로는 빌렸어야지!!

　"후우……."

　"하읔?!"

　갑자기 따뜻한 무언가가 귓가를 간지럽히는 바람에 나도 모르게 이상한 소리를 내고 말았다.

　반사적으로 돌아보자──어째서인지 바로 코앞에 아카리의 얼굴이 있었다. 어? 뭐야? 이게 무슨 상황이지?

　"어, 어어, 앗!"

　눈을 동그랗게 뜬 아카리가 얼굴을 새빨갛게 물들이더니, 비틀비틀 뒷걸음질 치다가 다리가 꼬여 엉덩방아를 찧었다.

　"괘, 괜찮아?!"

　"죄, 죄송해요…… 뭔가 깊이 생각하고 있는 것 같기에 그, 말을 걸어도 되나 싶어서요."

　그래서 숨이 닿을 정도로 가까운 거리에서 보고 있었다 이건가?

　솔직히 전혀 눈치채지 못했다. 그만큼 생각에 몰두하고 있었다는 뜻이겠지만, 그 상념의 대상이 아카리 본인이라서 더욱 민망했다.

　"아, 설거지가 끝나서 다음은 뭘 해야 할지 물으려고……."

　"아, 음…… 그렇게 굳이 찾아서 할 필요는 없어. 좀 쉬는 게 어때?"

"그러, 네요. 너무 성급하게 굴 필요는 없겠죠? 시간은 충분히 있으니."

아카리가 턱에 손을 대고는 수긍한 듯이 고개를 끄덕였다. 그리고,

"무엇보다 이제 같이 사니까요!"

"같이 산다라…… 뭐, 그렇기는 하지……."

너무 확신에 차 말하는 바람에 나도 모르게 기가 눌리고 만다.

그나저나 아카리는 어떻게 이런 긍정적인 미소를 지을 수 있는 것일까?

역시 저건가? 방구석에 둔 캐리어와 니○리 이불이 그렇게 만든 것일까? 확실히 뒤에 저런 게 딸려 있으면 바깥에서 숙박하는 것도 무섭지 않을지도.

특히 이불은 새 것인 주제에 역전의 용사를 연상케 하는 존재감, 패기를 뿜어내고 있다. 과연 가격 이상의 가치를 한다고 말할 만하다.

"아, 그러고 보니 선배."

"응?"

"냉장고가 텅 비었던데요……."

눈빛으로 '뭔가 안 좋은 일이라도 있나요?' 하고 걱정하는 시선을 보내는 아카리.

……왜일까. 딱히 혼내는 것은 아닌데 이상하게 부끄러운 느낌이 든다.

그녀의 말대로 우리 집 냉장고에는 물건이 거의 없다.

혼자 살기 시작할 때 일부러 대형 전자제품 마트까지 가서 고

른 2도어짜리 냉장고. 처음에는 거기에 그야말로 '자취용' 식재료가 어느 정도 채워져 있었다. 자취용, 즉 밥을 직접 해 먹는 용도…….

"선배, 밥 직접 안 해 드세요?"

아차, 아카리의 말투가 약간 혼내는 것처럼 변한 것 같다. 어쩌면 내 피해망상일지도 모르지만.

"평소에 밥은 어떻게 해결하나요?"

"음…… 주로 편의점에서 도시락?"

"하아……."

대놓고 눈앞에서 한숨을 푹 쉬었다!

"선배, 그렇게 먹고 다니시면 안 돼요."

"아니, 하지만 요즘에는 편의점 도시락도 꽤 맛있고——."

"맛의 문제가 아니에요. 영양 불균형의 문제지."

마치 말귀를 잘 못 알아듣는 아이를 꾸짖듯이 단호하게 부정하는 말에 찍소리도 나오지 않았다.

부모님도 전화할 때마다 '밥은 잘 챙겨 먹니?' 하고 걱정하시기도 하고…….

"잘 들어요, 선배. 제대로 된 식사를 하지 않으면, 지금은 괜찮지만 10년 후가 됐든 20년 후가 됐든, 지금을 소홀히 한 대가는 반드시 치를 거예요! 젊고 건강할 때 제대로 된 식생활을 해야 해요!"

주먹을 꽉 지고 힘차게 연설하는 아카리. 묘하게 설득력이 있다.

"자, 잘 아네?"

"공부를 했으니까요!"

자신감에 차 그렇게 말하는 아카리의 눈이 반짝거려서──도저히 '요리를 하지 않는 가장 큰 이유는 뒷정리를 하기 귀찮아서야'라는 한심한 이유를 말할 수가 없었다.

"하지만 매일같이 음식을 하는 게 힘든 건 인정하는 바예요. 만드는 건 둘째치더라도 뒷정리하는 게 귀찮으니까요."

"엇…… 어떻게 이유까지?! 설마 아카리, 내 생각을 읽었어……?"

"얼굴에 쓰여 있어요."

확실하게 한심함에서 눈을 돌리기는 했지만, 정확히 알아맞히는 것은…… 의외로 흔한 고민일지도 모르겠다.

나보다 어린 여자아이에게 글러 먹은 모습을 들키고 멋쩍어 하자, 아카리는 어딘가 자애가 느껴지는 따스한 미소를 지어 보였다.

"괜찮아요, 선배. 오늘부터는 제가 영양 가득한 맛있는 밥을 만들 거니까요."

"아카리가?"

"맡겨 주세요. 이래 봬도 요리에는 꽤 자신 있어요. 오빠 도시락도 제가 쌌는걸요!"

그건 알고 있다. 스바루가 귀가 따가울 정도로 자랑을 했으니까.

확실히 스바루의 도시락은 항상 알록달록하고 굉장히 맛있어 보였다. 하지만──

"어? 선배, 혹시 오빠랑 반찬 안 나눠 먹었어요?"

"응. 그 자식, 맨날 자랑만 하고 한 번도 나눠 준 적은 없어. 동생이 손수 만든 음식은 오빠인 자신만 먹을 수 있다나?"

"이런 멍청한 오빠 같으니······!"

어라, 아카리의 입에서 스바루에게 저주를 거는 듯한 말이······?

아주 작은 소리라 잘못 들은 것일 수도 있지만.

"······이해했어요. 그럼 선배는 제 요리 실력 따위 손톱만큼도 모른다는 뜻이네요."

"따위라는 표현은 좀 아닌 거 같은데······."

"아뇨, 따위는 따위예요. 그렇지만 갑자기 의욕이 솟네요."

아카리가 눈을 반짝반짝 빛내며 자신만만한 미소를 지었다.

뭐지? 지금 대화에서 뭔가가 불을 지핀 모양이다.

"그럼 다 결정됐겠다, 가죠, 선배!"

"어? 가다니, 어딜?"

"당연히 장 보러 가는 거죠! 직접 만든 음식으로 한 상 가득 차려서 선배에게 저라는 존재가 얼마나 유용한지 몸소 깨닫게 해 드리겠어요."

그렇게 해서 우리는 근처에 있는 그럭저럭 큰 슈퍼에 갔다.

전국에 체인이 있으며, 저렴한 가격과 다양한 상품으로 지갑이 가난한 학생들의 구세주 같은 가게지만, 내가 여기를 재방문한 것은 석 달 만이었다.

일찌감치 요리를 포기한 나에게는 도보 5분 거리에 편의점이 있으면 충분했고, 조리되기를 기다리는 식재료가 주르륵 진열되어 있는 슈퍼에 들어가는 것은 어쩐지 묘한 죄책감이 들었기 때문이다.

"뭘 만들어 볼까~"

요리를 잘한다기도 하고, 그녀의 집이 부유하다는 이유도 있어서 서민들이나 이용하는 슈퍼에 데려오면 싫어할지도 모른다는 걱정이 잠시 들었지만 그건 기우였던 모양이다. 오히려 아카리는 즐겁다는 듯이 콧노래를 부르며 슈퍼 물건들을 고르고 있었다.

그녀는 입고 왔던 세일러복 대신 티셔츠와 짧은 반바지라는, 캐주얼하고 시원한 옷차림으로 갈아입었다. 뭐, 하복이라고는 하지만 더웠겠지. 그렇게 더운데 굳이 교복은 왜 입고 왔을까 싶은데─

"그야 고등학생이라는 브랜드는 귀중하게 여기고 싶은 거 아니겠어요?"

라는 모양이다. 이해가 잘 안 가⋯⋯지는 않는다.

대학생이 된 지금은 특히 더 생각한다. 잃어버리고 나서 깨닫는 고등학생의 매력이라는 것을.

뭐, 하지만 세일러복을 벗었다고 아카리의 매력이 떨어졌냐고 묻는다면, 그렇지는 않았다. 팔 전체와 허벅지를 과감하게 드러낸 가벼운 옷차림은 매우 건강해 보여서 보기 좋았다.

당연히 아카리가 옷을 갈아입는 동안에는 집 밖에 나가 기다렸는데, 집에서 나온 아카리의 모습을 본 순간 할 말을 잃었다. 역시 미소녀는 미소녀였다.

여름의 더위도 싹 가실⋯⋯정도는 아니었지만. 날씨 앱에 의하면 오늘은 구름 한 점 없이 맑고 최고 기온은 35도를 넘는다던가. 끔찍하네.

슈퍼에 오는 길에 한껏 달궈졌던 몸이 가게 안에 틀어진 에어컨 바람에 식자 나른함이 몰려왔다. 하지만 아카리에게서는 나와 같은 모습을 찾아볼 수가 없었다. 이게 젊음인가.

"선배, 돌발 퀴즈!"

"진짜로 뜬금없네."

"혼자 사는 남성에게 가장 부족한 것은 뭘까요!"

"음……?"

혼자 사는 남성에게 가장 부족한 것?

바로 떠오르는 것은 돈, 머니다. 그렇지만 그건 남성만 부족한 것은 아니다.

오히려 그럭저럭 대충 살 수 있는 남자보다 화장품을 비롯해 이래저래 소비가 많은 여자가 더 고생일 테니 남성이라고 한정된 퀴즈의 정답으로는 적절치 않을 것이다.

그렇다면…… 지금 하는 이야기의 흐름상 요리와 관련이 있는 것일까? 남자에게 부족한 것, 부족한 것——

"……채소?"

하고 말하고 보니 제법 나쁘지 않은 대답이라는 생각이 들었다.

왜냐하면 아카리의 오빠인 스바루는 채소를 극혐한다. 풀을 먹는 감각이 끔찍하다나 뭐라나.

분명 혼자 살고 나서는 원 없이 편식을 하고 있을 테고, 아카리도 그런 오빠를 남성 대표로서 봐 왔겠지.

그렇다면 남자들이 채소를 싫어한다고 편견을 가지고 있어도 이상하지는——

"삐一. 틀렸습니다!"

······않을 줄 알았는데 틀렸다.

"정답은 바로······ 여자가 직접 만들어 준 요리예요!"

"그런 정답이 어딨어?!"

남자 혼자 산다며! 그러면 부족한 게 당연하지!

"대체 그런 정보는 어디서 가져온 거야······?"

"제가 그냥 멋대로 느낀 인상이에요."

"진짜로 멋대로네?!"

그런 제멋대로 느낀 인상으로 비인기남 뼈를 때리지 마······ 골절상 입는단 말이야······!

"하지만 아주 틀린 말은 아니라고 생각해요. 어쩌면 여성의 수제 요리 성분이 부족한 선배는 머지않아 죽음에 이를지도 몰라요."

"그럴 리가 없잖아! 만약 죽는다 해도 전혀 다른 이유일걸?!"

내가 지금 살아 있는 것이 그 증거야! 라는 말까지는 역시 슬퍼서 할 수가 없다.

정말이지, 친구 여동생에게 인기 없는 걸 어필해야 하다니, 전생에 무슨 죄를 지어야 일어나는 이벤트일까.

"하지만 안심하세요. 봐요, 지금 선배 눈앞에는 풋풋한 여성분께서 계시잖아요?"

"보통 본인한테 계시다는 말을 쓰나?"

"제가 선배에게 손수 만든 음식을 대접함으로써 선배는 여성의 수제 요리 성분을 섭취할 수 있고, 그리고 저는 저라는 존재가 얼

마나 선배에게 유용한지를 증명할 수 있고…… 이게 바로 윈윈이
네요!"

아카리는 그렇게 농담인지 진담인지 알 수 없는 말을 하면서 익
숙한 손놀림으로 채소와 여러 가지 식재료를 쇼핑 카트에 넣었다.

"아, 선배. 걱정 안 하셔도 돼요. 선배가 뭘 좋아하고 싫어하는
지는 오빠한테 들어서 확실하게 숙지했어요."

스바루 이 자식. 그런 것까지 알려 줬다니.

"싸움은 싸움이 시작되기 전에 시작되는 법이죠."

"너무 오버야."

"오버라뇨. 그렇지 않아요. 초등학교 졸업 문집 장래희망 칸에
현모양처라고 쓴 이후로 최고의 현모양처를 목표로 달려온 저에
게는 주방이나 슈퍼는 전장 그 자체예요. 이건 선배를 케어하는
사람으로서 피할 수 없는, 위장을 완벽하게 공략하기 위한 전쟁이
라고요!"

"위장을 공략한다고?!"

"후후, 각오 단단히 하세요, 선배."

마지막으로 짓궂은 미소를 짓는 아카리를 보며, 나는 '소악마란
이런 아이를 두고 하는 말이구나.' 하고 진심으로 생각하게 됐다.

"자, 그럼 얼른 밥 준비를 해 볼까요?"

슈퍼에서 돌아오자마자 아카리는 본인이 가져온 앞치마를 두르
더니 바로 부엌에 섰다.

제법 무게가 나가는 짐을 들고서 그래도 꽤 먼 거리를 걸어왔는데도 여전히 쌩쌩하다.

"선배, 제가 뭘 만들 거 같아요?"

"⋯⋯카레?"

"딩동댕~ 정답입니다! 설마 한 번에 맞히다니! 설마 선배, 내 생각을 읽을 수 있는 거예요? 아니면 이심전심이 되었다거나⋯⋯? 꺅!"

"아니, 카레 가루를 사 왔기에⋯⋯."

장 본 비용은 내 지갑에서 나갔기 때문에 당연히 뭘 샀는지 파악하고 있다.

그 밖의 산 것도 당근이나 양파, 감자, 돼지고기같이 누가 봐도 카레를 만들겠다고 선언하는 품목이었다.

그리고 쌀도 샀다. 5킬로그램짜리. 엄청 무거웠다.

"에이, 선배. 카레 가루로 꼭 카레만 만들 수 있는 건 아녜요."

"그래?"

"네, 예를 들면⋯⋯⋯⋯."

턱에 손을 대고 허공을 바라보기를 몇 초.

"자! 그럼 얼른 요리를 시작하죠!"

"얼렁뚱땅 넘기기야?!"

아카리는 본인이 진행을 주도한 대화를 억지로 마무리했다. 뭐, 방금 자기 입으로 정답이라고 했으니.

"어, 얼렁뚱땅 넘기다뇨. 선배, 너무 자잘한 부분까지 신경 쓰는 남자는 인기 없어요?"

"자잘한 부분인가⋯⋯?"

"앗, 근데 그러면 자잘한 부분까지 다 신경 쓰고 인기가 없는 게 오히려 나을지도……?"

"응, 아냐."

지금도 인기는 없고 인기남이 되고 싶다는 소망도 없지만, 그래도 인기가 없는 게 낫다는 말은 부정하고 싶어진다.

하지만 인기가 없는 것은 사실이기에 부정해 봤자 허무할 뿐이었다.

"자자, 선배. 이제 진짜 시작할 거니까 편하게 쉬면서 기다려 주세요."

"어? 아무것도 안 하고 기다리면 미안하니까 도울게."

"돕는다고요……? 그거 흔히 말하는 공동 작업…… 아, 아니에요. 정말 매력적인 제안이지만 그, 긴장해서 실수라도 하면 위험하기도 하고……."

아카리는 손으로 얼굴을 뒤덮듯이 가리더니 중간중간 혼잣말을 섞으면서 그렇게 웅얼거렸다.

"게다가…… 요리하는 모습을 보이는 건 좀 부끄러워서요. 저는 그저 선배에게 맛있다는 말을 들으면 그걸로 충분해요……."

"……그래? 그럼 기대하며 기다릴게."

"네! 선배의 간이 떨어질 만큼 맛있게 만들어 드릴게요!"

"아하하…… 살살 부탁할게."

위 다음은 간인가…… 역시 장기는 노려지기만 하는 운명인가 보네.

농담은 이쯤하고 요리는 아카리에게 전부 맡기기로 했다.

여기는 분명 내 집이고 아카리는 손님이지만, 어느 쪽이 부엌에 더 어울리는지는 두 번 생각할 필요도 없었다.

내가 할 수 있는 일은 그녀가 조금이라도 요리하기 편한 환경을 제공해 주는 것뿐…….

◇ ◇ ◇

"짠! 아카리 특제 토마토 카레 완성!"

"오오……!"

한 시간 후.

한동안 사용하지 않았던 그릇에 담긴 조금 붉은 기를 띠는 카레라이스를 보며 나는 나도 모르게 감탄을 터트렸다.

오랜만에 밥솥으로 지은 윤기가 자르르한 밥은 물론, 그 위를 이불처럼 덮은 불그스름한 카레가 정말이지…… 앗, 맛있는 냄새……!

"과장이 아니라 정말 맛있어 보이네……."

"에헤헤…… 자자, 선배. 식기 전에 어서 드세요!"

쑥스러워하는 기색으로 그렇게 재촉하는 아카리를 향해 고개를 끄덕인 뒤, 숟가락 위에 미니 카레라이스를 만들 듯이 떠서 입안에 넣는다.

"음?!"

순식간에 입안에 퍼지는 향신료의 매콤함과 살살 녹는 고기의 감칠맛, 그리고 토마토의 새콤함!

맛있다. 이 말 외에는 달리 표현할 길이 없을 정도로 맛있다!

그야말로 최근 들어 가장 맛있게 먹은 음식인 것 같았다. 생각해 보면 일어났을 때부터 해가 지는 지금까지 먹은 건 물밖에 없으니…….

아카리와 대화를 하는 게 지루하지 않아서 배가 고픈 것도 몰랐지만, 그럼에도 '시장이 반찬'이라 말할 만큼 맛있다.

물론 그것이 아니더라도 맛집 저리 가라 할 수준이지만.

"이거 진짜, 정말 너무 맛있다!"

정말이지 그런 초등학생 수준의 감상밖에 안 나올 정도로 맛있었다.

"저, 정말이에요? 다행이다…… 왠지 쑥스럽네요……."

아카리는 그렇게 수줍게 기뻐하며 본인도 한입 먹고 만족스러운 듯 입꼬리를 올린다.

맛있는 것을 먹을 때 '녹아내릴 정도로 황홀하다'는 표현을 쓰는데, 아카리는 정말로 녹아 버릴 정도로 흐물흐물한 표정을 짓고 있어서 조금 웃겼다.

"어? 선배 지금 웃지 않았어요?"

"그랬나?"

"네. 왠지 조금 간지럽네요……."

웅얼거리면서 고개를 숙이는 아카리.

그런 모습도 웃겼지만 그뿐만이 아니었다.

"그나저나 새삼스럽지만 참 신기하다. 설마 아카리와 단둘이서 밥을 먹는 날이 오다니."

신기하달까, 전혀 상상도 하지 않았던 일이다.

그녀의 오빠인 스바루와는 친한 친구고, 고등학생 때도, 지금도 거의 매일같이 붙어 있지만, 동생인 아카리와는 그렇지 않았으니까.

그러나 이 역시 신기한 일이지만 그다지 어색하지는 않다. 스바루의 여동생이기 때문일까, 아니면 아카리의 특성 때문일까.

이야기를 나누고 있을 때나 침묵이 내려앉을 때도 편안함을 느낀다.

"저는 하나도 안 신기해요."

아카리는 부끄러운 듯이, 그러면서도 조금 토라진 듯이 숟가락으로 카레라이스를 흩트리면서 중얼거렸다.

"왜냐면 줄곧……."

그 뒤에 이어진 목소리는 한층 더 작아서, 귀를 기울여도 도저히 들을 수가 없었다.

갑자기 아카리가 시선을 들어 내 눈을 똑바로 들여다봤다.

어쩐지 나도 말을 하기가 뭐해서, 그저 눈동자에 빨려 들어가듯 마주 바라봤다.

그렇게 아무것도 하지 않은 채 눈만 바라보기를 한참. 이윽고——

"흠, 흠."

아카리는 얼굴을 빨갛게 물들이며 쑥스러워했다.

"이, 이제 알겠죠, 선배? 남자가 혼자 살려면 여자가 손수 만든 음식이 필요하다는 것을!"

"아, 그 주장을 아직도 미는구나."

"다, 당연하죠!"

아카리는 당당하다는 듯이 가슴을 폈다. 하지만 새침하게 돌린

얼굴은 귀도, 목까지 새빨갰다.

야무져 보이는 분위기와는 대조적으로 순수하고 아이 같은 행동거지…… 지금까지 생각해 온 미야마에 아카리라는 소녀의 이미지와는 전혀 다른 매력적인 모습에 '이러니 스바루 녀석이 동생 바보가 된 거구나' 하고 수긍할 수 있었다.

"아, 맛있었다. 잘 먹었어, 아카리."

"잘 드셨다니 다행이네요. 하지만 진짜로 별거 아녜요. 특별히 손이 많이 가는 음식도 아니었고."

밥을 얻어먹었으니 설거지 정도는 하겠다고 말을 꺼냈지만 단칼에 거절당하고 나는 지금 바닥에 누워 널브러져 있다.

뭐, 치우기 귀찮아서 직접 해 먹지 않는다는 것을 일찌감치 들켰으니…… 부끄러울 따름이다.

"제 요리는 어디까지나 취미의 범위라…… 그, 일상생활 속에서 쉽게 만들 수 있는 가정식 요리 위주로 연습하고 있어요."

아카리는 주방에서 설거지를 하면서도 빈둥대는 나의 이야기 상대가 되어 주고 있었다. 참 착한 애다.

"그렇구나…… 그래도 이렇게 맛있는 음식을 매일 먹는다면 행복하겠네."

"네?!"

쨍그랑, 하고 그릇이 떨어지는 소리가 났다. 그런데 그 전에 아카리가 놀라서 소리를 지른 듯한데……?

"괜찮아?!"

"괘괘괘괘괘괘괘괜찮아요!"

혹시라도 다쳤으면 큰일이다.

그렇게 생각하며 나는 황급히 주방으로 달려갔다. 그릇은 무사하고 아카리도 다친 것 같지는 않은데…… 아냐, 아직 안심하긴 일러.

"손 줘 봐. 혹시 피는 안 나?"

그렇게 말하면서 그녀의 손을 잡는다.

물에 젖어 있다고는 하지만 매끄럽고 부드러운 손…… 감촉을 확인하고 있을 때가 아니다.

조금 강제로 그녀의 손을 잡은 채, 다친 곳은 없는지 꼼꼼하게 확인한다.

…………다행이다. 딱히 부딪히지는 않은 것 같다. 굳이 말한다면 뜨거운 정도로——

"으, 으아……."

"응? 아, 미, 미안!"

뜨거운 게 문제가 아니다. 나에게 손을 잡힌 아카리의 얼굴은 삶은 문어처럼 새빨개져 있고, 눈가에는 희미하게 눈물이 고여 있으며, 몸도 가늘게 떨고 있었다.

이해한다. 갑자기 손을 잡혔다면 거부 반응 하나나 두 개쯤은 나타나겠지.

"패, 패닉 오기 직전이에요……!"

"그래 보여. 미안해!"

"아, 아뇨. 선배가 잘못한 게 아니고 이건 제 문제——아니지, 역시 선배가 잘못한 걸지도요!"

아카리는 그렇게 말하면서 몸을 홱 돌렸다.

그리고 몇 번 심호흡을 하고 다시 이쪽을 돌아봤을 때——그녀의 얼굴은 여전히 새빨간 그대로였다.

"가, 갑자기 왜 그러신 거예요, 선배……? 그렇게 적극적으로…… 앗? 혹시 제가 단 일격 만에 선배의 위장에 풍혈을?!"

"아니, 거기는 안 뚫려 있지 아닐까……?"

"그, 그런가요……."

아카리는 어쩐지 실망한 듯이 쓴웃음을 지었다. 그렇게 풍혈을 뚫고 싶은가.

"하지만 선배가 말씀하셨잖아요! 이런 맛있는 음식이라면 매일 먹고 싶다고!"

"응? 뭐, 그랬지. 먹고 싶다기보다 먹는다면 행복하겠네 정도?"

아카리가 슈퍼에서 장래희망이 현모양처라 했으니 미래에 남편이 될 사람은 행복하겠네 하는 뉘앙스로 한 말이라 매일 먹고 싶다는 말과는 조금 의미가 달랐다.

"그런가요! 그렇죠, 그렇고말고요!"

똑같은 '그런가요'지만 아카리는 아까와 정반대로 매우 행복한 듯이 흐뭇한 표정을 지었다.

"그럼 이제부터 선배는 행복한 사람이 되겠네요. 제가 매일 삼시 세끼를 꼬박꼬박 챙겨 드릴 거니까!"

"아하하…… 고마워."

순수하게 기뻐해도 될지 알 수가 없어서 스스로도 어색하다 느낄 만큼 딱딱한 미소를 지었다.

그래도 아카리는 여전히 즐거워 보인다. 아니, 즐거워 보인달까, 흥분한 것 같달까.

아, 그런가. 아카리는 남자가 혼자 살려면 여자가 손수 만든 음식이 필요하다고 했는데, 내가 지금까지 그것과 인연이 없던 것처럼 여자 입장에서도 음식을 직접 차려 줄 기회가 거의 없는 것일지도 모른다.

빚의 담보니 어쩌니 하면 황당무계하고 이해하기 어렵지만, 아카리 입장에서는 언젠가 진지하게 만날 상대에게 요리를 해 주기 위한 예행 같은 것일지도 모른다.

그렇다면 그렇다고 솔직하게 말하면 될 것을.

스바루도 나라는 사람을 어느 정도 아니까 아끼는 아카리를 보냈을 테고, 그 정도는 미리 언질을 줬으면 충분히 협력할 수 있는데——아니, 그보다 아주 잘 생각해 보면 식비가 두 배 드는 것 외엔 내가 손해 보는 게 없다.

"선배?"

"응?"

"왜 멍하니 계세요……?"

"아, 잠깐 생각 좀 하느라…… 아카리는 분명 좋은 아내가 되겠다 싶어서…… 아, 이거 좀 성희롱 같은 발언인가?"

상황을 수습하고자 대충 말했다가 굳이 안 해도 될 말까지 한 느낌이 들었다.

아무리 꿈이라는 말을 들었다지만, 내가 말하면 그저 놀리는 것처럼 들릴 수도 있겠지.

그렇게 판단하고 바로 사과하려 했는데——

"아……."

아카리의 눈이 커지더니 눈가에 눈물이 고이기 시작했다.

"——!!"

크, 큰일 났다. 나보다 어린 여자애를 울리고 말았어!

예상보다 심각한 사태에 사과하려고 준비했던 말이 훅 날아가고 머릿속이 새하얗게 변해 버렸다.

'사과해야 해, 눈물, 손수건…… 아오, 도망가고 싶다. 하지만 내집이니 그럴 수도 없고!'

두서없이 떠오른 생각을 정리하지 못한 채 우두커니 서 있자, 결국 아카리가 제 손으로 직접 눈물을 닦았다.

"아하하, 죄송해요. 갑자기 울어 버려서…… 난처하게 만들었네요."

"아니, 그렇지는…… 미안, 나도 갑자기 이상한 소리를 해 버려서."

"아니에요! 선배는 하나도 잘못한 거 없어요…… 그냥 꿈같아서……."

아카리는 그렇게 말하면서 미소를 짓는다.

눈물을 닦은 자국은 벌써 빨갛게 부어올라 있었다.

"저 정말 살아 있길 잘했어요……."

"엑? 이야기가 그렇게 돼?!"

"되고말고요. 왜냐면 줄곧……."

그렇게 말하더니 아카리는 또다시 울기 시작했다.

내 말에 충격을 받은 것은 아니라 해도 내 앞에서 고개를 숙인 채 두 손으로 눈을 가리고 어깨를 떠니 역시 어떻게 해야 할지 모르겠다 생각하고 있는데——

"이럴 때 오빠는 머리를 쓰다듬어 줘요……."

……무슨 소리가 들렸다. 눈앞에서. 조금 울먹이는 소리였지만.

아니, 근데, 음. 그건 스바루가 그런다는 거잖아. 나는 아카리의 오빠가 아니니 머리를 쓰다듬을…… 음…….

"음, 이렇게……?"

아주 잠깐 당황스럽기는 했지만 은근히 압박에 얌전히 따라 주기로 하며 그녀의 머리 위에 손을 올렸다.

아카리의 머리카락은 눈으로 보는 것과 똑같이 매우 부드러워서 뭐랄까, 만지고 있자니 기분이 좋았다…… 잠깐, 내가 즐기고 있으면 어쩌자는 거야?!

"헤헤……."

얼굴은 보이지 않지만, 어쩐지 맥이 빠지는 웃음소리가 들려왔다.

아무래도 그녀의 오빠가 하지 않고 내가 해도 효과는 조금 있는 모양이다.

"좀 진정됐어?"

"네──니요! 죄송하지만 조금만 더 해 주세요!"

아카리는 고개를 들려다 말고 갑자기 무언가가 생각났는지 바로 다시 얼굴을 숙였다.

"아아, 왠지 자꾸만 눈물이 나오네요. 어, 어쩌면 좋지이."

"거의 대놓고 국어책 읽기인데……?"

"아, 맞다. 오빠는 이럴 때 키스로 위로해 줘요."

"뭐?"

키스를 해서 위로해 준다고?

스바루가? 친동생인 아카리한테?

……그 자식, 뭔 짓을 하는 거야?

"그, 그렇구나. 키스……로 말이지? 아, 아하……."

나는 그 말밖에 할 수 있는 말이 없었다.

감상을 말하면 도를 넘은 시스콤 새끼한테 온갖 욕설을 퍼부을 거 같아서.

그렇지만 아카리 앞에서 스바루를 나쁘게 말하면 안 되겠지. 우울해지면 키스를 하는 사이니…….

"……응?"

그런 이유로 최대한 말을 아끼고 어느새 머리를 쓰다듬던 손까지 멈추자, 의아함을 느낀 아카리가 올려다봤다.

그리고,

"아."

무언가를 깨달은 듯 표정을 굳혔다.

"저기, 선배."

"……왜?"

"방금 한 말 거짓말이에요."

"뭐?"

"제가 이상한 말을 했어요. 오빠가 키스해 준다는 말, 그거 거짓말이에요."

"아, 그렇구나…… 아하……."

감정이 결여된 것처럼 담담하게 말하는 아카리에게 나는 그렇게밖에 대꾸할 수 없었다.

"선배, 안 믿는 거죠? 진짜로 농담이었어요!"

"괜찮아, 이해해. 남매의 형태도 집집마다 다 다른 법이지."

"제발 믿어 주세요! 분위기에 휩쓸려서 오버했어요! 혹시 어쩌면, 하고…… 아, 진짜, 나란 바보!"

눈물은 쏙 들어간 거 같은데, 그 대신 이번에는 머리를 감싸 쥐고 그대로 주저앉아 버렸다.

"정말 뭐 하는 거람…… 들떠서 선이나 넘고. 이러면 이상한 애라고 생각할 거 아냐……! 정신 차리자. 진정한 나를 선배에게 확실히 보여 주는 거야……!"

아카리는 뭔가를 중얼거리더니, 갑자기 벌떡 일어나 나를 똑바로 보며 말했다.

"선배!!"

"으, 응!"

"저랑 오빠는 평범한 남매예요! 오빠는 시스콤일지도 모르지만 저는 단언컨대 브라콤이 아니에요! 절대! 손톱만큼도! 완전 의심할 여지도 없이!!"

"그, 그래."

나는 무시무시한 기세로 강조하는 그녀를 보며 그저 고개를 끄떡일 수밖에 없었다.

화난 듯도 보이는 단호한 태도에서 거짓을 말하고 있지 않다는 것은 알 수 있었다.

하지만 브라콤도 아니면서 왜 오빠의 빚을 위해 굳이 나 있는 곳까지 온 걸까 하는 의문이 다시 드는데……?

"저 정말 열심히 할게요!"

"으, 응. 파이팅. 힘내."

뭘 열심히 하는지는 모르겠지만 고개를 끄덕였다. 끄덕이는 것 외에는 용납되지 않을 분위기였다.

"그러면 화장실……이 아니라 욕실 좀 쓸게요!"

"아, 응. 다녀와."

반쯤 자포자기한 듯이 선언하며 아카리는 화장실에 들어갔다.

남겨진 나는 일단 아카리가 하다 만 설거지를 마저 하려고 했는데——

"아, 저기, 선배~?"

"응?"

화장실 문을 살짝 열고 얼굴을 반쯤 내민 아카리가 말을 거는 바람에 손을 멈췄다.

"그, 조금 부끄러워서 그런데 음악 같은 것 좀 틀어도 될까요……?"

"뭐가 부끄럽——아, 어어, 물론이지."

순간 무슨 말인가 싶었다. 그치, 여자애니까.

"고, 고맙습니다. 시끄러웠다면 죄송해요. 그리고 설거지 제가 할 테니 선배는 쉬고 계세요. 에헤헤……."

아카리는 쑥스러운 듯이 웃으면서 다시 화장실 문을 닫는다.

그리고 희미하게 최근 텔레비전 광고인가 어디선가 들어 본 듯한 J-POP이 들리기 시작했다.

"일단 시키는 대로 얌전히 있을까……."

나는 방으로 돌아가 침대에 누워 스마트폰을 꺼냈다.

하지만 화면 속 정보는 거의 머릿속에 들어오지 않고 계속 아카리에 대한 것만 생각하게 된다.

"계속 여기서 지낸다면 화장실은 물론 목욕도 하고 이 방에서 잠도 자겠지……."

잘 웃고, 잘 울고, 본인이 가진 매력을 숨김없이 발산하는 아카리를 상대로 과연 언제까지 이성을 유지할 수 있을까. 솔직히 불안하다.

하지만 잘 아는 사람의 동생에게 그런 감정을 품는 것은 역시 거부감이 강하게 든다. 아무래도 아카리의 뒤로 히죽대는 스바루의 음흉한 얼굴이 보인다고 할까…… 뭐야, 이거. 저주야?

그렇지만 아카리가 스바루의 여동생이 아니었다면 빚 담보도, 그걸 구실로 하는 신부 수업——아니지, 인턴? ……뭐가 됐든 이렇게 올 일도 없었을 테니 이득 봤다고 생각해야 할지도 모르겠다.

어찌됐든, 언제까지인지는 모르지만 내 삶의 장르가 180도 바뀌었다는 것은 확실하다.

고독하고 자유로운 1인 라이프에서 친구 여동생, 그것도 엄청난 미소녀와 여러 의미로 아슬아슬한 동거가 시작된다.

아아, 정말로 난 어떡하면 좋을까……!

제 3 화
미야마에
남매의 이야기

밖은 이미 깜깜해졌지만 선선하기는커녕 오히려 후덥지근했다. 이것도 지구 온난화의 영향일까. 잘은 모르지만.

나는 집에서 나와 바로 앞에 있는 울타리에 기댄 채 멍하니 밖을 바라봤다.

딱히 무슨 목적이 있는 것은 아니라서 나도 모르게 깊은 한숨을 쉬었다.

"하아…… 정말 한심하네……."

욕하는 대상은 당연히 나 자신이다.

지금 아카리가 목욕을 하고 있다. 몇 번을 봐도 익숙해지지 않는 그 미소녀 여고생이 말이다.

왠지 목욕이 끝나기를 방에서 기다리는 건 아닌 거 같다는 생각에 이렇게 밖으로 도망쳐 나왔지만, 아카리 입장에서 본다면 자의식과잉으로 비칠지도 모른다.

하지만 어쩔 수 없지 않은가.

혼자 살려고 얻은 방이다. 좁고 벽도 얇다. 아카리가 샤워를 하는 소리라든가 욕조에 몸을 담그는 소리가 선명하게 들리는 것이다.

그런 상태에서 차분히 있을 수 있을 리가 없다.

"음……."

갑자기 주머니가 떨렸다.

"……허?"

스마트폰을 꺼내 화면에 표시된 이름을 본 순간, 나도 모르게 얼빠진 소리를 내고 말았다.

그러나 황당해하는 것도 잠시, 바로 배 속 저 아래에서부터 끓어오르는 감정에 떠밀려 통화 버튼을 눌렀다.

"여보세요."

- 오, 모토무! 잘 지내냐?

전화를 건 사람은 미야마에 스바루.

나에게 돈을 꾸고 아카리를 보낸, 이 상황을 만든 모든 것의 원흉이었다.

"너 이 자식, 네가 지금 감히 나한테 전화를 해……?"

- 응? 왜?

이 자식, 왜 이렇게 신이 난 목소리지……?

순간 짜증이 훅 올라왔다가, 문득 아카리에게서 지금 스바루의 상황을 들었던 것이 떠올랐다.

"그러고 보니 너 지금 사이판이라며?"

- 응? 사이판?

"응?"

- 어? ……아. 아앗! 맞아, 맞아! 나 지금 사이판이야! 아이쿠, 여기는 아직 낮이라 그런지 나도 모르게 지역 감각이 이상해져 버렸네.

"시간 때문에 자기가 어디에 있는지 모르게 되는 경우도 있냐?"

"그런 경험 없어?"

"없고요, 그리고 스바루. 너는 지금 낮이라고 했지만 사이판과 일본은 시차가 1시간밖에 나지 않아. 지금 거기도 밤이야."

– …………

노골적으로 침묵하는 스바루.

조용해진 덕분에 전화 너머의 소리——매미가 우는 소리가 또렷하게 들렸다.

– 혹시 탐정이세요?

"네가 너무 허술한 거라는 생각은 안 해 봤냐?"

– 크, 크큭…… 우하하하핫! 그래, 맞아! 나는 지금 사이판이 아니야!

"이건 또 무슨 허접한 범인 연기야……."

변함없이 까불거리는 스바루의 모습에 결국 어깨에 들어간 힘이 빠지고 말았다.

이 녀석이 이런 식으로 대충 넘긴 게 대체 몇 번째인지…… 평소 같으면 미워할 수 없다며 쓴웃음을 지을 상황이긴 한데.

– 아카리한테 내가 사이판에 갔다는 말 들었지?

"그래. 너 아카리한테도 거짓말했냐."

– 좀 달라. 허세를 부린 거지.

"다르기는 뭐가 달라."

오히려 허세는 완전히 본인만을 위한 거짓말이니 질이 더 나쁘다.

– 사실 지금 면허 합숙 와 있어.

"뭐?"

- 그래서 말이야, 면허를 따면 아카리도 드라이브시켜 주고 싶달까…… 헤헤. 깜짝 놀라겠지?

"뭔가 감동해야 할 것처럼 말하는데, 전혀 아니야."

- 엑?!

어째서인지 놀라는 스바루. 고작 빚 500엔 때문에 동생을 보낸 오빠에게 위엄 따위가 남아 있을 리가.

그리고 이야기 도중에 확신했다. 역시 스바루는 아카리가 지금 우리 집에 있다는 것을 알고 있다고.

"스바루, 지금까지는 못 받아도 그만이라 생각하고 진지하게 말 안 했는데, 이번만큼은 진지하게 말해야겠다. 내 돈 돌려줘."

- 그건 좀 잔인한 이야기야, 모토무. 여러 의미로 말이야.

"무슨 말이야……."

- 첫 번째 이유는 단순히 내가 돈이 없다는 거야. 면허 합숙도 꽤 들었고, 면허 따면 차도 사고 싶고.

"야, 너 나한테 500엔 빌렸어. 500엔 없다고 그것들을 못한다는 게 말이 되냐?"

"이 어리석은 놈 같으니! 1센에 웃는 자는 1센에 울 수도 있다고! 500엔을 우습게 알다가 대체 얼마나 울려고 그래?!"

"그거 유행어냐?"

아카리도 같은 말을 했는데.

하지만 스바루의 경우 그걸 알고 있다면 처음부터 돈을 빌리지 않았으면 될 일 아니냐고.

- 거기다 나나미랑 이 여름 동안 한 번쯤은 어디론가 가고 싶기도 하고 말이야. 그를 위해서라도 면허는 필수지. 이게 다 여친이

있는 사람으로서? 당연한 사고라고 할까요?

"아, 자랑질 듣기 싫어 죽겠네……."

벌써 몇 번째인지 모를 자랑이지만, 오늘은 평소보다 더 짜증스러웠다.

- 뭐야, 모토무 너 설마 질투하냐? 지금까지 그런 반응은 보인 적 없었잖아!

"뭐야, 왜 기뻐하는데?"

- 당연히 베프의 몰랐던 모습을 알게 되면 기쁘지! 그래서, 모토무. 너도 여친 생겼으면 싫냐?

"그거야 뭐…… 그렇게 생각할 때도 있긴 하지."

- 그렇구나! 그래, 그럴 수도 있지!

상당히 의외라는 반응을 보이는데, 분명 나에게도 그런 감정은 있다.

스바루에 비하면 적극적으로 나서지는 않지만…… 물론 이 수동적인 자세가 현재까지 솔로인 결정적인 이유겠거니 하는 생각은 한다.

- 뭐, 모토무라면 괜찮지. 특별히 허락해 주마.

"뭐래. 여친을 사귀는 데 왜 네 허락이 필요한데."

- 그건 내 입으로는 말 못 하지.

전화 너머로 그 녀석의 히죽거리는 얼굴이 떠오른다.

꽤 즐거운 듯 보이는데, 나로서는 대체 무슨 말을 하고 싶은 것인지 도통 이해를 할 수 없었다.

- 아, 그런데 거기 마이 시스터 앗카링 있어?

"뭐야, 그 호칭은…… 지금 목욕하고 있어."

- 뭐?! 너 설마 훔쳐보고——

"있을 리 있겠냐! 밖이다, 밖! 맨션 복도! 아 제발, 너무 큰 소리 내게 하지 말아 줘. 민원 들어온단 말이야…….'

"그건 내가 잘못한 게 아니지 않나……?"

아니, 스바루의 잘못이다. 세상에 벌어진 일은 대부분 이 녀석이 잘못한 거다. 지금은 그런 기분이다.

"됐고, 아카리에게 할 말 있어? 용건 말하는 김에 더는 장단 안 맞춰 줘도 된다는 말도 해 줘. 돈은 안 돌려줘도 되니까."

- 아냐, 돈은 갚을 거야! 하지만 바로는 못 갚으니까 그때까지 너를 보살피라고 아카리에게 시킨 거지.

"보자 보자 하니까, 이 새끼 이거 완전 악질이네. 네가 무슨 말을 하고 있는지는 알고 있냐? 빚 500엔의 담보로 여동생을 보낸다는 말을 대체 누가 이해하는데."

- 뭐, 아카리도 싫어하지 않잖아?

"그건 그렇긴 한데…… 아니지 태도로 드러내지 않을 뿐일지도 모르지."

- 아카리는 그런 거 잘 못해. 싫으면 바로 얼굴에 싫은 티가 나는 애야. 네가 그걸 못 느꼈다면 틀림없이 아카리도 싫어하는 건 아냐.

"윽……."

다른 누구도 아닌, 오빠가 확신에 차서 말하니 뭐라 반박할 수가 없었다.

확실히 싫어하기는커녕 내내 즐거워 보였지…… 제길. 스바루 이 자식, 빚 담보로 동생을 넘기는 냉혈한 주제에 말은 그럴싸하게 잘하지.

- 아카리 말이야, 세이대에 가고 싶다고 하더라.

"세이대에? 아카리라면 더 좋은 데 갈 수 있지 않나? 공부 잘하잖아."

- 근데 본인이 그렇게 말하니 어쩔 수 없지. 뭐, 사랑하는 오빠가 다니는 대학이잖아! 오빠로서 응원해 주고 싶달까!

"…………."

아카리가 오빠를 많이 좋아한다는 건 익히 알고 있지만, 지금 그 사실을 긍정하면 스바루가 우쭐해질 뿐이라 노코멘트로 대응하기로 했다.

그건 그렇고 아카리가 세이대——우리랑 똑같이 세이오 학원대학을 지망했을 줄이야. 솔직히 상상도 못했다.

- 골든위크 때 나한테 상담 신청하더라. 여름 방학이 되면 나 있는 쪽으로 오겠다고. 오픈 캠퍼스도 있고, 아카리도 자취하게 되었으니 어떤 곳인지 봐 두고 싶다고.

"그럴듯한 말이긴 한데……."

- 진짜야. 그래서 그때는 오케이 한 건데, 면허 합숙을 예약한 걸 완전히 까먹고 있었단 말이지. 마침 구실도 생겼겠다, 모토무에게 맡기자! 한 거야. 하하하!

"이게 웃을 일이냐!"

굉장히 이기적인 말을 하는 스바루에게, 나는 두통을 느끼지 않을 수 없었다.

내 빚과 상관없이 그저 스바루가 쓰레기라는 이야기지 않은가.

"너 진짜 인생 막 사는구나……."

- 뭐, 어때. 너도 딱히 아카리가 싫은 건 아니잖아.

"그건 뭐…… 착한 애니까."

- 그치? 게다가 나도 모토무라면 안심이라고. 봐라, 지금도 아카리 같은 초절정 미소녀가 자기 집 욕실에 들어가 있는데도 흑심이라고는 품지 않는 청정 해역 그 자체잖아.

"너 나 놀리냐?"

- 놀리는 건 맞지만 칭찬이기도 하지!!

이 자식, 분명 전화 너머에서 히죽대고 있다.

반면 나는 이 이상 뭔가를 생각하는 것에 지쳐 버렸다. 분명 이 역시도 스바루가 의도한 대로라서 이건 이것대로 열받는다.

- 어쨌든 아카리 좀 부탁해. 어디에 내놔도 부끄럽지 않은 잘난 동생이지만 아직 애라서 말이야. 울리면 가만 안 둘 거다!

"하아…… 알았어. 일단 잠깐 동안은 데리고 있을게. 물론 이상한 짓은 할 생각 없어."

- 믿지, 암! 모토무에게 그런 깡다구가 없는 건 잘 알고 있거든!

"그만 놀려라."

- 계속 놀릴 건데?

한 치의 망설임도 없이 그렇게 말하며 큰 소리로 웃는 스바루.

이 자식, 받아 주니까 기고만장해져서는……!

오는 말이 고와야 가는 말도 곱다. 더 이상 참지 못하고 욕 한번 시원하게 해 주려고 입을 연 바로 그때──

"선배?"

집에서 아카리가 나왔다.

어린애들이 입을 법한 핑크색 파자마를 입은 그녀는 아직 젖어 있는 긴 머리카락을 타월로 닦고 있었는데——어린 건지 성숙한 건지 알 수가 없었다.

- 켁, 아카리 왔냐? 그럼 이만 끊는다! 내가 먼저 합숙하러 간 건 비밀로 해 줘. 부탁해!

"야, 야! 왜 도망치듯이——"

스바루는 그렇게 일방적으로 전화를 끊어 버렸다.

정말로 이기적이라 해야 할지, 자유분방하다 해야 할지…….

"오빠예요?"

"응…… 그보다 왜 나왔어. 감기 걸리게."

"따뜻해서 괜찮아요."

그렇게 말하며 즐거운 듯이 웃는 아카리는, 방금까지 통화를 해서 그런지 스바루와 많이 닮은 것처럼 느껴졌다.

뭐, 스바루 놈보다는 몇 배 더 낫지만.

"아, 진짜 스바루 이 자식…….."

"저, 선배. 오빠가 또 뭔가 폐를 끼치지는 않았나요……?"

"…………."

이건 어떤 의도로 하는 질문일까.

당장 아카리 본인이 오빠가 끼친 폐의 대가로 여기에 있는 거면서.

……이제 와서 이렇게 지적해도 별 의미 없겠지. 들었으면 하는 대답이 있는 것도 아니고.

"늘 똑같지 뭐."

"그래요?"

아카리가 안심한 듯이 가슴을 쓸어내린다.

"아, 그렇지. 선배, 목욕하셔도 돼요."

"아, 응."

목욕이란 말을 떠올리자마자 피로가 한꺼번에 몰려오는 느낌이 들었다.

오늘 참 많은 일이 있었지…… 그렇게 생각하며 아카리를 보자, 귀엽게 고개를 살짝 기울이고 있었다.

"……어?"

불현듯 무언가가 신경 쓰여 그런 그녀에게 얼굴을 가까이 댄다.

"응? 아앗?! 서, 선배?!"

신경 쓰인 것은 아카리에게서 나는 향기다. 기시감의 후각판이라고 해야 하나, 맡아 본 적 있는 느낌이 드는데——

"아, 알았다. 아카리, 내 샴푸 썼어?"

"읏! 네, 맞아요……. 실은 깜박 잊고 안 가져와서……. 죄송해요. 허락도 안 받고 써서."

"아냐, 상관없어. 오히려 신경 못 써서 미안해. 여자애가 놀러 온 적이 거의 없어서 몰랐어. 필요하면 내일이라도 사러 갈까?"

'거의'가 아니라 '전혀'지만, 나도 모르게 허세를 부리면서 그런 제안을 했다.

사실상 스바루와의 대화를 통해 이번 일은 돌이킬 수 없다 확신했고, 어차피 피할 수 없다면 아카리가 눈치 보지 않고 조금이라도 편하게 지냈으면 하니까.

"아…… 네! 가고 싶어요!"

"그래. 그럼 그렇게 하자. 아, 맞다. 이불 깔아야지."

"아녜요. 그건 제가 알아서 할게요. 선배는 목욕이나 하세요."

"그래? 그럼 시키는 대로 해 볼까."

그런 대화를 주고받은 뒤, 나는 목욕으로 피로를 씻어 내다가——
——

불현듯이고 뭐고 갑자기 여자애 냄새를 맡는 괴상한 행동을 한 것에 자기혐오를 느끼고 머리를 쥐어뜯었다.

◇ ◇ ◇

"아…… 죽겠다……."

"선배, 여기 보리차!"

"고마워……."

아카리의 얼굴을 볼 수가 없어서 평소보다 목욕을 길게 한 나는 간신히 몸을 닦고 잠옷으로 입는 티셔츠와 반바지로 갈아입기는 했지만, 계속 핑 도는 것을 느꼈다.

탈의실 벽에 기댄 채 허둥지둥 유리컵을 내미는 아카리에게 미안해하면서, 고맙게 받아 천천히 내용물을 들이켰다.

아아, 수분이 들어가니 살 것 같네.

"아카리가 있어서 다행이네……."

"네?!"

"혼자 살면 몸이 안 좋을 때도 전부 혼자서 해결해야 하거든."

내 집에서 현기증을 겪는 것은 처음이지만, 혼자였다면 당연히 보리차를 가지러 가는 것도 어려웠을 것이다. 감기라도 걸리면 더 큰일이지.

이래저래 아카리에게 폐만 끼치고 있네. 내가 더 나이가 많은데 참 부끄럽다.

"저, 저라도 괜찮으시다면 얼마든지 기대셔도 돼요!"

"아카리?"

"컨디션이 안 좋을 때 부르시면 무조건 달려올게요! 진짜로요!"

왠지 흥분한 듯이 몸을 내 쪽으로 내미는 아카리.

하지만 일단 내가 더 나이가 많기도 하니 꼴사나운 모습은 별로 보이고 싶지 않다. 이미 지금 보이고 있기는 하지만.

"……마음만 고맙게 받을게."

"마음만이라니…… 선배가 그러면 분명 돌아가고 나서도 무사히 살아 있는지 걱정될 거예요."

"그건 그럴 수도……."

한심한 모습을 보이고 있는 내가 강하게 행동해도 어울리지 않겠지.

그런 나를 보지 못하고, 다시 보리차를 가지러 간 아카리는 매우 믿음직스러워 보였다.

그나저나 돌아가고 나서라. 아카리의 집에서 여기는 쉽게 올 수 있는 거리가 아닐뿐더러 물리적으로 달려오는 것도 불가능할 텐데.

그렇게 해서 겨우 일어설 수 있게 된 나는, 이 또한 꼴사납게도 아카리의 부축을 받아 고작 몇 발작 앞에 있는 방으로 생환했다.

처음에는 거절했다. 아카리와 체격 차이도 있으니.

하지만 아카리는 절대 물러서지 않았다. 그 비장한 결심에 현기증이 더 심해질 거 같다는 생각이 들 정도로.

만약 쓰러지기라도 했다면 지금의 아카리는 분명 구급차를 불렀을 것이다. 설마 진짜로 그럴까 싶지만 0%라고는 단언할 수 없다.

그런 이유로 그녀의 부축을 받으며 자연스레 밀착하게 됐는데…… 왜일까. 똑같은 샴푸, 똑같은 바디 워시일 텐데 아카리에게서 나는 향기는 내 것과 달리──더 고급스럽게 느껴진다. 왜지?

"선배, 정말 괜찮은 거 맞아요……? 지금도 멍하니 있고."

"아, 꽤, 괜찮아. 거기다 이제 자는 것만 남았고."

이런저런 일을 겪고 나니 시간은 벌써 11시…… 자기에는 조금 이르지만 지금이라면 푹 잘 수 있을 거 같다.

"그런, 가요. 저는 선배랑 좀 더 이야기하고 싶었는데……."

"아, 뭐, 내일도 있으니."

"……! 그러네요! 내일! 내일도 이야기해요!"

"으, 응."

격하게 고개를 끄덕이는 아카리의 모습에 움찔하면서도 딱히 잘못된 반응은 아닌지라 나도 순순히 고개를 끄덕였다.

이래저래 우리는 각자의 자리에 누웠다.

나는 침대에, 아카리는 좌식 테이블을 치우고 바닥에 깐 새 이부자리에.

푹신푹신해서 이미 낡고 푹 꺼진 내 이불보다 포근해 보인다.

"혹시 더 깨어 있고 싶으면 그렇게 해도 돼."

"아녜요. 저도 졸려요. 어제 거의 못 잤거든요……."

"그래? 그럼 이만 불 끌게."

리모콘으로 전등불을 끈다.

아카리의 모습은 보이지 않게 되었지만, 숨소리는 선명하게 들려서 왠지 민망했다.

"잘 자, 아카리."

"네, 선배도요!"

지금부터 자야 하는데 아카리의 대답이 굉장히 씩씩해서 괜히 웃음이 나온다.

"저기, 선배."

"응······?"

"내일 또 봐요."

"그래, 내일 또 보자."

이상한 말이었지만 대답은 자연스럽게 흘러나왔다.

불현듯 눈꺼풀 안쪽에 불과 반년 전까지 있었던 교실이 떠올랐다.

나밖에 없는 교실에서 돌아갈 준비를 마치고 자리에서 일어난다.

'선배.'

분명 아무도 없던 교실에 여자아이의 목소리가 울린다.

돌아보니 내가 아까까지 있었던 자리에 여자아이가 앉아 있었다.

순간 할 말을 잃어버릴 정도로 예쁜 소녀. 석양을 등진 모습이 굉장히 그림이 되었다.

'이제 돌아가세요?'

그녀는 조금 쓸쓸한 듯이 미소를 짓는다.

그런 그녀에게 나는 고개를 끄덕여 보였다. 벌써 해가 지고 있으니까.

'그럼 저도 같이 가요.'

어느새 소녀는 옆으로 와 내 손을 잡고 걷기 시작한다.

자연스럽게 별 내용도 아닌 대화를 하면서 학교 건물을 걷는다.

왜 그녀와 함께 있는 거지? 그런 의문이 문득 머리를 스친 그때, 이미 우리는 교문 앞에 서 있었다.

'선배, 내일 또 봐요.'

내일 또 봐——앵무새처럼 그렇게 따라하다 깨달았다.

이건 꿈이다.

그녀는 내 친구의 여동생이고, 우리는 이런 식으로 친하게 지낸 적이 없었다.

그야말로 꿈에도 생각해 본 적 없었다.

아카리가 어떤 사람이고, 어떤 것을 좋아하고, 어떤 이야기를 할 때 웃는지…… 그런 걸 진지하게 생각해 본 적도 없었을 정도로, 나와 아카리는 남남이었으니까.

어쩌면 아카리와 이런 식으로 지낼 가능성이 있었을지도 모른다.

……가만, 스바루가 용서 안 하려나. 아카리한테 흑심을 품은 놈들은 죄다 쫓아 버렸으니.

그런 와중에 그럴 마음도 없는 내가 그녀와 친해질 리가 없지.

그건 안다…… 아는데.

──내일 또 봐요.

그 말이 기분이 좋아서, 어쩐지 가슴속 깊은 곳이 따뜻해지는 느낌이 들었다.

어쩌면 좋지…… 어쩌면 좋냐고!

드디어 이날이 오고 말았어!!

아마도 분명, 틀림없이!

나는 지금, 지금까지 살아온 인생 중 가장 긴장하고 있다!

어떻게 아냐면 지금 심장이 세차게 뛰다 못해 당장이라도 입에서 튀어나올 거 같으니까!

이불 속에서 필사적으로 숨을 죽이고 몸을 둥글게 만 채 그저 시간이 흘러가기를 기다린다.

두 손으로 꼭 쥔 스마트폰으로 종종 시간을 확인하지만, 그때마다 1분 또는 2분밖에 지나지 않아서 실망한다.

만전을 기한다면 2시간…… 아냐, 그렇게 오래 기다릴 수 없어. 1시간, 아니다, 30분……은 아무래도 너무 빠를까?

만약의 사태가 생기지 않도록 신중하게, 신중하게…….

――스으…….

"……!!"

명백하게 아까와는 다른 종류의 숨소리.

벌떡 일어나고 싶은 충동을 필사적으로 누르며 나는 천천히, 소리가 나지 않도록 이불 속에서 얼굴을 내밀었다.

스마트폰으로 봤을 때, 누운 지 15분밖에 지나지 않았다. 그렇지만 이건 분명……!

"선배~――헙!"

무심코 말을 걸려 하다가 후다닥 손으로 입을 막았다.

만약, 만약에 정말로 선배가 이제 막 잠들었다면, 이렇게 부르기만 해도 깨 버릴 수 있다.

조용히, 아주 조용~히 몸을 일으켜 선배의 침대를 들여다본다.

아아, 심장이 미친 듯이 쿵쿵 뛰고 있어――!

"후, 하아…….

나도 모르게 한숨이 흘러나왔다.

선배가 자고 있다. 무방비하게, 천진난만한 얼굴을 하고서……!

'지금 멍하니 보고 있을 때가 아니야. 해야 할 일을 하자!'

나는 마음을 다잡고 일어섰다.

줄곧 기다렸다. 선배가 잠이 들어 무방비한 모습을 보이기를.

모든 것은…… 그래!

'선배의 자는 얼굴을 찍어서 폰 배경으로 설정하기 위해!!'

"으음…….

"헉!"

스마트폰을 든 순간, 선배가 몸을 뒤척이는 바람에 나는 깜짝 놀라 그만 스마트폰을 이불 위로 떨어뜨리고 말았다.

일어난 건…… 아닌 거 같네. 그냥 잠자리가 불편해서 몸을 움직인 것 같다.

위험해, 위험해. 만약 선배가 일어나서 자기 자는 얼굴을 도촬하려 했다는 것을 알게 된다면 변태 낙인을 찍어 내쫓을지도 몰라.

선배는 착하니까 그러지 않을 수도 있지만…… 그렇지만 내가 하려고 하는 일은 그런 일이다.

나는 옷이 스치는 소리조차 나지 않도록 아주 조심스럽게 스마트폰을 주워 다시 찍으려 준비하다가…… 깨달았다.

선배가 몸을 뒤척인 것은 내 스마트폰 불빛에 방이 밝아졌기 때문이 아닐까?

애당초 사진을 찍을 때 셔터 소리가 나잖아?

"아, 아앗……?!"

게다가 사진을 찍으려면 무조건 플래시를 터뜨려야 한다.

빛, 플러스로 소리. 틀렸어. 이건 100% 선배를 깨우고 말 거야!

와르르 무너져 내린다.

내가 심혈을 기울여 준비한 작전이…… '선배의 자는 얼굴을 폰 배경으로 설정해서 매일 옆에서 자는 기분을 느끼는 작전' 이……!!

작전은 이렇다. 먼저 선배에게 맛있는 저녁밥을 차려 준다. 배가 부르면 졸리니 느긋하게 목욕하고 푹 자게 만든다.

그리고 나는 선배의 잠든 얼굴을 찍는다!!

중간중간 선배와 이야기를 나누면서 내 가사 스킬을 어필하고, 무엇보다 선배에게 힐링할 시간이 주어진다는 것도 높은 점수였다.

솔직히 이 시간만으로도 너무 행복해서 죽을 것 같았지만, 정신 줄을 꽉 잡고 있던 것은 지금, 바로 이 순간을 위해서였는데—— 아, 자포자기해서 사진을 찍으려고 하는 건 안 돼!

'으으…… 선배에게 자는 얼굴 몰래 찍는 도촬범이라고 생각되어지면 더는 살아갈 수 없어……!'

어차피 죽는다면 너무 행복해서 죽는 게 낫다. 나는 애끓는 심정으로 촬영을 포기했다…… 하지만!!

'최소한 선배의 얼굴을 이 두 눈에 담겠어……!!'

방은 어둡지만, 베란다 문에 쳐진 커튼 틈 사이로 들어오는 달빛 덕분에 어렴풋하게 보였다.

어둠에 눈이 익은 지금이라면 선배의 자는 얼굴도 충분히 감상할 수 있어…… 후헤헤. 앗, 침이.

"스…… 스……."

코도 골지 않고 편안하게 자는 선배.

손을 뻗으면 닿을 거리에 그가 있다…… 그렇지만 나에게는 아득히 멀게 느껴졌다.

시라기 모토무 선배. 나보다 한 살 많은 오빠의 친구.

아예 모르는 사이는 아니지만 아는 사이라고 소개하기에는 애

매한 거리감이다.

오빠의 친구, 친구의 동생.

어중간한 이 거리가 너무나도 멀어서, 좁히는 것이 어렵다는 사실을 나는 잘 알고 있다.

지금 이 상황은 틀림없는 기적이고, 분명 쉽게 깨져 버릴 것이다.

그러니 조심스럽게, 소중하게…… 조금씩 바꿔 나가야 한다.

그렇지 않으면 나는 선배에게 특별한 사람이 될 수 없다.

'하지만 조금 정도는, 괜찮겠지?'

이렇게 몰래 바라보고 있는 것뿐이라면 분명 벌 받지는 않을 것이다.

오늘은 설레는 하루였다.

선배의 집에 밀고 들어와 청소를 하고 함께 장도 보고, 직접 음식도 만들어 선배에게 대접하고.

실컷 이야기도 나누고, 평소 선배가 쓰는 욕조에도 들어가 보고, 이렇게 한 지붕 아래에서 같이 밤을 보내고 있다.

작년까지…… 아니, 어제까지의 나라면 절대로 믿지 못할 행복한 시간이었다.

그리고 그것은,

"내일 또 봐요……."

──그래, 내일 또 보자.

오늘뿐인 환상이 아니다.

분명 선배는 빚의 담보라는 황당한 이야기를 납득하지 못했을 것이다.

　하지만 그럼에도 받아들여 줬다.

　그런 착하고 다정한 점이 변하지 않았다. 선배는 줄곧 선배 모습 그대로고, 그래서 나는…….

　"잘 자요, 선배."

　그렇게 속삭이고, 아쉬운 마음을 남긴 채 내 이불로 돌아갔다.

　오늘 막 구입해서 내 냄새도 배지 않은 이불은 당연히 선배의 방 냄새와도 조화롭지 못했다.

　언젠가 냄새가 뺄까. 아니면 그 전에 할 일을 마치게 될까.

　그런 생각을 하니 조금씩 몸 안에 있던 열이 가라앉는 느낌이 들었다.

　이 시간은 유한해서 언젠가 끝나고 만다. 늦어도 여름 방학이 끝날 쯤에는.

　'후회하지 않게 최선을 다하자.'

　다시 한번 결의를 다지고 눈을 감았다.

　'일단 일일이 들뜨지 말 것! 코피도 참을 것! 이상한 애로 보이면 안 돼…… 이때를 위해 지금껏 준비해 왔으니까!'

　오늘 하루지만 알 수 있었다.

　선배는 집안일을 잘 못한다!

　즉 내가 선배 대신에 집안일을 할 수 있다고 어필하면 선배에게 나는 없어서 안 될 존재가 될 것이다…… 아마도!

　그리고 언젠가 선배와…………까지는 너무 비약일지도 모르지만. 그래도——

그런 생각을 하면서 나는 천천히 잠에 빠져들었다.

오늘은 지금까지 중에 가장 행복한 꿈을 꿀 것 같다는…… 그런 예감을 품고서.

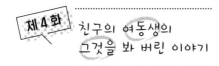

제 4 화 친구의 여동생의
그것을 봐 버린 이야기

"으음……?"

이른 아침, 나는 코끝을 자극하는 좋은 냄새에 잠에서 깼다.

치익, 하고 뭔가가 구워지는 소리가 들린다. 가차 없이 공복을 자극해 오는 멋진 소리이긴 한데…… 왜 이런 소리가 들리지?

"아, 안녕히 주무셨어요, 선배!"

"아."

"왜 그러세요?"

"……아니, 아니야. 잘 잤어, 아카리?"

그래. 그랬지.

아카리랑 동거 중이었지. 아니, 그런 불순한 의미의 동거가 아니라!

"혹시 아침밥 하고 있는 거야?"

"네. 선배가 곤히 잘 자기에 기회다 싶어서."

"기회?"

"아, 음…… 그렇지 참! 선배, 선배는 아침에 밥파예요, 아니면 빵파예요?"

노골적으로 말을 돌렸다…….

대체 무슨 기회인지 궁금하지만 아카리의 질문도 대답하기 꽤 어려웠는데——

"음…… 밥이려나?"

"……선배, 지금 제 얼굴 표정 보고 대답한 거죠?"

그렇게 말하며 눈을 가늘게 뜨고 의심스러운 눈빛으로 바라보는 아카리.

소, 솔직히 아카리를 보면서 '그러고 보니 어제 카레 먹을 때 한 밥이 아직 남았겠네.' 하는 생각은 하긴 했지.

"선배, 진짜로 밥이 좋아요? 저 신경 쓰지 말고 대답하셔도 돼요."

"밥 좋아해. 솔직히 말하자면 딱히 가리지 않아서…… 아침을 안 먹은 적도 많아."

"네에?!"

아카리가 눈을 동그랗게 뜬다.

꽤나 놀란 것 같은데, 남자 혼자 살면 다 이렇지 않나?

시간 여유가 되면 편의점에서 주먹밥이나 샌드위치를 사 먹고.

물론 직접 밥을 해 먹으면 간단하게라도 준비할지 모르지만.

"그러면 안 돼요, 선배. 끼니는 잘 챙겨 먹어야죠. 젊을 때 먹는 걸 제대로 안 먹고 소홀히 하면 10년 뒤, 20년 뒤의 내가 다 돌려받는다고요."

"그, 그래…… 미안해."

어제와 완전히 똑같은 경고에 자괴감이 배가된다.

아마도 10년 20년이 5년 10년으로 단축될 때부터 슬슬 위험해지겠지.

그런 생각을 하면서 나는 나보다 어린 여자애에게 진심으로 머리를 숙여 사과했다.

"아, 아니에요! 설교하고 싶었던 건 아니고…… 어, 진짜로 밥 괜찮아요? 빵이 좋으면 얼른 가서 사 올게요! 사실 어제는 반찬 만들 것만 사 와서요."

"아냐, 괜찮아! 그리고 집에서는 늘 아침에 밥 먹었어!"

"그래요……?"

안도했다는 듯이 가슴을 쓸어내리는 아카리.

그나저나 정말 맛있는 냄새가 난다. 이건 어제 산 베이컨을 굽는 냄새일까? 아침에는 식욕이 없는 편이지만 이건 좀 배가 반응하네.

어제 카레로 아카리의 요리 실력이 엄청나다는 것은 알았으니 기왕 먹는 거 막 일어나서 잠이 덜 깼을 때가 아니라 최상의 컨디션일 때 먹고 싶은데…….

아냐, 모처럼 갓 만든 밥이잖아. 바로 먹지 않으면 실례야.

"아, 선배. 제 눈치 보지 마시고 나중에 드셔도 돼요."

"엑?"

생각을 읽혔다…… 뭐지, 얼굴에 쓰여 있나?

어느 쪽이 됐든 매우 시의적절한 배려에 나도 모르게 몸을 굳히자, 아카리가 그런 나를 보고 풉 웃었다.

"일어나자마자 바로 밥을 먹는 건 좋지 않아요. 위에 부담이 커서 제대로 몸을 깨운 다음에 먹어야 해요."

"그렇구나……."

"하지만 먹지 않는 건 더 안 좋아요. 먹지 않으면 그만큼 다음 식사 때 받는 부담도 커지니까요!"

"아, 응. 조심할게……."

그러고 보니 어제는 아침밥은커녕 점심도 못 먹은 채 바로 저녁밥으로 카레를 먹었는데…… 아냐, 쓸데없는 말은 하지 말자.

저, 절대로 어린 여자애한테 혼나는 게 무서워서가 아니야. 그래, 쓸데없는 걱정을 하게 만들고 싶지 않을 뿐.

"보자…… 그래. 그럼 러닝이라도 잠깐 뛰고 올게."

"러닝, 이요?"

"응, 나름 일과거든. 뭐, 어제는 늦잠 자느라 건너뛰었지만."

"아, 맞다. 선배 육상부였죠?"

"응? 어떻게…… 아, 스바루도 육상부였으니 종종 나도 봤겠네?"

"아, 아뇨, 오히려……."

아카리는 꼼지락꼼지락 손가락을 얽으면서 우물거린다.

조금 신경이 쓰였지만, 더 이야기하면 주제에서 한참 벗어날 것 같으니 원래 하던 이야기로 돌아가자.

"뭐, 이제 육상부는 아니지만 몸은 움직이지 않으면 점점 둔해져서 말이야. 게다가 모처럼 맛있어 보이는 아침밥을 차려 줬으니 배를 고프게 만들어 두고 싶고."

"선배…… 그, 그럼! 저도 함께 갈게요!"

"뭐?"

"저도 최근에는 수험 공부만 하느라 운동을 전혀…… 이, 이게 아니라 원래 운동은 잘 못한달까요? 그, 체력도 별로고. 그래서 이참에 뛰어 볼까 싶어서……."

말을 이어 갈수록 자신이 없는 듯 점점 목소리가 작아지는 아카리. 그렇게 부끄러워할 일도 아닌 거 같은데.

"그럼 모처럼 같이 달릴 기회가 생겼으니 같이 나가 볼까?"

"네, 네! 그럼 움직이기 편한 옷으로 갈아입고 올게요. 탈의실 좀 써도 될까요?"

"당연하지."

아카리는 기쁜 듯이 활짝 웃으며, 케리어에서 갈아입을 옷을 꺼내 서둘러 탈의실로 뛰어갔다.

아, 앞치마에 가려서 몰랐는데 아카리는 벌써 잠옷을 벗고 갈아입었구나. 또 옷을 갈아입게 만들어서 미안하네.

아니, 근데 아카리가 먼저 러닝하는 데 따라간다고 했으니 내가 미안해하는 게 더 실례이려나?

"아, 이런 생각 하고 있을 때가 아니지. 아카리가 나오기 전에 나도 옷을 갈아입어야지."

알몸을 보이는 성희롱 같은 상황이 벌어진다면, 분명 엄청나게 뻘쭘해질 거다. 아카리는 괜찮다 하겠지만 나는 스바루에게 생매장당하겠지. 빚 500엔 정도로는 사할 수 없는 죄다.

혹시 스바루가 노리는 게 이건가……?

아카리를 이용해서 내 약점을…… 아니지, 그런 짓을 해서 스바루에게 무슨 이득이 있을까. 이제 와서 약점이 어쩌고 할 사이도 아니고.

게다가 스바루는 계산적으로 생각하고 아카리를 위험에 내던지는 쓰레기가 아니야——라고, 그렇게 믿고 싶다. 친구니까.

그렇게 부정하면서 나는 평소보다 몇 배는 빠른 속도로 옷을 갈아입었다.

◇ ◇ ◇

"하아…… 하아…… 헥……."

"괘, 괜찮아?"

"괘, 괜찮, 하효……."

"잠깐 걷자."

뛰기 시작한 지 5분, 아카리는 이미 지쳐서 기진맥진이 되었다. 속도도 상당히 느려서 러닝이라기보다 조깅에 가까웠지만.

"갑자기 멈추면 안 돼. 호흡이 안정될 때까지 계속 걸어."

"네…… 죄송해요. 제가 발목을 잡아서."

"아냐. 운동 잘 못한다고 미리 말했고, 거기다 누구랑 경쟁하는 것도 아니잖아."

아카리는 내 팔에 매달린 채 쌕쌕 거친 숨을 쉬었다.

정말로 지쳤나 보다. 팔을 통해 느껴지는 체온이 꽤 뜨겁다. 그보다, 움직이기 편한 옷이랍시고 갈아입은 얇은 티셔츠 너머로 체온 이외에 다른 부드러운 감촉도 느껴져서──나까지 뜨거워질 것 같다.

진정하자…… 상대는 친구의 여동생이야. 그러니까 지금도 이렇게 나를 믿고 몸을 기대고 있잖아──

"저, 선배……?"

"어?! 왜, 왜?"

"그, 오해하지 말아 주세요. 체력이 없는 게 아니에요. 달리기를 잘 못하는 거뿐이지……."

"아, 아아…… 난 또. 근데 꽤 있다고 들었어. 구기는 잘하는데 달리기만 하면 금방 지치는 사람들이."

또 표정이나 마음이 읽힌 줄 알았다.

하지만 그렇다면 지금도 아카리가 내 팔에 매달려 있는 것을 설명할 수 없게 되겠지만.

내심 안도하면서 경험을 토대로 조언해 줬다.

나도 일단은 육상부였기 때문에 빠르게, 또는 오래 달리는 요령이 없냐는 질문을 늘 받았다.

"그래, 요?"

"응. 뭐 러닝는 단조로우니까. 특히 같은 트랙을 빙빙 도는 건 별로 재밌지도 않고."

"그러, 게요. 장거리 달리기는 정말 못해서…… 우울해요."

"아하하, 나도야."

"네?"

아카리가 눈을 동그랗게 뜬다.

뭐, 육상을 했던 사람이 달리는 게 싫다고 하면 놀라는 게 당연하겠지.

그렇지만 내 주 종목은 단거리라 특별히 이상한 이야기는 아니다. 물론 단거리도 단거리 나름대로 힘들지만.

"동기를 부여하는 방법은 사람마다 다 다르긴 한데, 아카리 같은 사람에겐 시간을 단축시킨다는 목표도 별로 재밌지 않을 테고."

"그럴지도요."

"그럼 차라리 뛰면서 다른 것을 생각하는 방법도 있어. 이런 길이라면 경치를 즐기는 것도 좋겠네. 너무 넋을 놓고 있으면 위험하겠지만 여기는 차가 별로 다니지 않으니.”

다이어트 목적이라거나 체력을 키운다거나, 운동 부족을 해소한다거나…… 러닝이나 조깅을 하는 이유는 사람마다 다 다른데, 즐기지 말라는 법은 없다.

오히려 자신만의 즐거움을 찾아야 하며, 같은 시간에 더 먼 거리를 갔다든지, 예쁜 카페를 발견했다든지 하는 작은 성공을 차곡차곡 쌓아 가는 편이 오래 지속할 수 있다.

“선배는 즐거웠어요……?”

“응?”

“제가 발목을 잡는 바람에 많이 가지도 못하고, 풍경도 즐기지 못하고…… 죄송해——”

“당연히 즐거웠지.”

슬며시 눈물을 글썽이며 시무룩해하는 그녀를 격려하듯 미소를 지었다.

괜히 위로한답시고 하는 말이 아니다. 정말 진심으로 즐거웠다.

“요 근래 늘 혼자 달렸거든. 누군가와 함께 있는 것은 오랜만이라 그것만으로도 힘이 생긴달까.”

“하지만 제가 너무 느려서…… 선배가 저 신경 쓰느라…….”

“그런 건 아카리가 신경 쓸 일이 아니야. 타임 기록하려고 진지하게 뛰는 것도 아닌데 뭐. 아카리랑 함께 달릴 수 있다는 게 훨씬 중요해.”

“서, 선배……?!”

아카리의 얼굴이 순식간에 붉어진다.

확실히 말하면서도 너무 있어 보이게 말했나 싶어서 스스로도 민망하긴 하다.

"게다가 러닝 하고 난 뒤에 아침밥이 있다는 것도 기뻐. 도중부터는 그 생각만 나서……."

"선배…… 에헤헤, 그건 기대하셔도 좋아요. 정성껏 만들었으니까."

"오, 셀프로 심사 난이도를 올리는 거야?"

"자신 있으니까요! 지금은 좀 부끄러운 모습을 보였지만, 주방이야말로 제 전쟁터이니까요!"

과장된 느낌은 들지만 그쪽 방면에서는 생초짜나 다름없는 내 눈에는 자신만만한 아카리가 멋져 보였다.

"저기, 선배. 그러니까…… 좀 더 이대로 있어도 될까요?"

아카리는 쑥스러운 표정으로 나를 올려다보며 그렇게 물었다.

그녀에게 전쟁터가 주방이라면, 내 전쟁터는 바로 이 길 위……라고 하면 오버일까. 이젠 육상부도 뭣도 아니니.

하지만 이쪽 방면에서 남들보다 경험이 많은 건 맞으니 연장자답게 조금은 든든한 모습을 보여 줘도 벌은 안 받을 것이다.

"물론이지, 얼마든지 기대."

"네…… 네! 얼마든지 기댈게요!"

그렇게 말하며 팔을 힘껏 끌어안는 아카리의 감촉은 너무나도 부드럽고 여름의 열기보다도 뜨거워서──사정없이 이성이 날아가 버릴 뻔했지만, 나는 아카리의 눈에 보이지 않게끔 옆구리를 강하게 꼬집으며 간신히 이성을 붙잡았다.

무섭기까지 할 정도로 순진무구한 여고생…… 그녀 입장에서 보면 나는 오빠의 연장선에 있는 존재일지도 모른다. 의지하는 것은 기쁘지만 심각하게 무방비했다.

하지만――

"흥흥흥~♪"

마치 콧노래라도 흥얼거릴 것처럼 기분 좋게 웃는 아카리를 뿌리칠 수는 없었다……. 나는 밀려오는 번뇌의 파도에 필사적으로 저항하면서 영원처럼 느껴지는 귀갓길을 걸었다.

이게 나에게 지옥이었는지 천국이었는지는――가슴속에 간직해 두자.

""잘 먹겠습니다!""

집에 도착해, 서로 보리차를 한 잔씩 마시고, 서둘러 상을 차리고 마주 앉아 인사를 했다.

샤워를 하는 편이 좋았을지도 모르지만, 그보다 식욕을 우선한 우리는 대충 땀만 닦고 앉았다.

위생에 엄청 신경을 쓸 것 같은 아카리가 의외로 먼저 제안해 줘서 나로서는 고마워하며 냉큼 받아들였다.

오늘 아침은 흰밥에 된장국, 베이컨 에그에 양상추 샐러드라는, 동서양식 혼합 메뉴였다.

가끔 먹는 소고기 덮밥 체인점의 아침 정식에도 이런 메뉴가 있으니 의외로 평범한 조합일지도 모른다.

"계란은 다시 데웠더니 조금 딱딱해졌네요."

"응. 하지만 개인적으로 좀 딱딱한 걸 좋아해."

"그렇구나. 선배는 딱딱한 걸 좋아하는구나…… 딱딱한 걸 좋아 한다……."

자신의 머리에 새기듯 여러 번 반복해서 말하는 아카리.

"굳이 외울 건 아닌 거 같은데…… 뭣하면 메모라도 해 두는 게 어때?"

"아네요. 밥 먹는 도중에 폰을 보는 행위는 좋지 않아서요!"

"고지식하네…… 나밖에 없는데 말이야."

"하지만 선배가 보고 있는걸요."

아카리가 허리를 곧게 펴고 진지한 표정으로 말한다.

신뢰하는 건지, 아니면 아직도 긴장하는 건지는 잘 모르겠지만 본인이 그렇게 하고 싶다는데 굳이 괜찮다고 할 수는 없다.

조금 머쓱함을 느끼며 된장국을 한 입 마셨다.

"응, 역시 맛있어."

"에헤헤, 칭찬 감사합니다."

"이건 가게에서 파는 혼합 된장으로 만든 거지?"

"네. 육수까지 내면 너무 일을 벌이는 것 같고, 시중에서 파는 된장으로도 충분히 맛을 낼 수 있으니까요."

아카리의 요리는 뭐랄까, 평범하다. 물론 좋은 의미로.

어제 먹은 카레도 루부터 만든 것이 아니라, 나도 잘 아는 시판 카레로 만들었다.

오늘 이 된장국도 그렇다. 건미역에 한 모에 100엔도 안 하는 두부에…… 옆에서 보면 특별할 것 하나 없는 지극히 평범한 가정 요리다.

하지만, 그래서 좋다. 특별하지 않고 당연히 맛있고, 뭐라고 할까…… 집에 있는 느낌이 든다.

"하아……."

된장국도, 베이컨과 계란도, 샐러드도…… 특별한 건 아닌데 먹으면 왠지 한숨을 내쉬고 싶어진다.

안도하는 것이다. 그야말로 본가에서 생활할 때 당연하게 느꼈던 것이…….

가슴이 뭉클하고 뜨거워졌다. 아카리가 '남자 혼자 살려면 여자가 손수 만든 음식이 필요'하다고 말한 것도 이해가 갈 것 같았다.

여자라기보다 누군가가 만들어 준 밥을 먹을 수 있다는 건 굉장히 행복한 일이구나.

"왜 그러세요, 선배?"

"응? 아, 아냐……."

왠지 눈꺼풀 안쪽이 뜨거워지는 느낌이 들어서 나도 모르게 굳어 있었다.

아카리의 물음에 황급히 얼버무리며, 다시 한 입, 한 입 감사한 마음으로 밥을 먹었다.

겨우 500엔의 대가로 이렇게 호사를 누려도 되나. 일단 식비는 내 지갑에서 나가고 있긴 하지만.

그런 생각을 하면서도 욕망에 충실한 내 몸은 주저 없이 젓가락을 계속 놀렸고, 눈앞에 있던 아침밥은 눈 깜짝할 사이에 깨끗하게 사라졌다.

"잘 먹었습니다."

"잘 드셨다니 다행이네요."

눈앞에 있는 아카리에게 감사하는 마음을 담아 인사를 했다. 정말 오랜만에 충족감을 느끼면서.

그리고 식후 특유의 나른함을 잠시 즐기려 하다가——

"아, 아카리. 정리는 내가 할게."

"괜찮아요. 제가 할게요."

웃으면서 빈 접시를 차곡차곡 정리하는 아카리를 보며 순간 '어제도 했는데 오늘도 괜찮겠지?' 하고 생각할 뻔했지만, 곧바로 마음을 고쳐먹고 다시 말렸다.

"아냐, 샤워하고 싶을 거 아냐. 그리고 맛있는 밥도 얻어먹었는데 정리까지 시키기는 미안해."

"마음은 고마운데…… 선배, 설거지 잘 못한다고 하셨잖아요. 게다가 준비한 사람이 마무리도 깔끔하게 해야죠."

"어어…… 그건 아니지. 집에서도 어머니가 밥을 차려 주면 뒷정리는 아버지가 했어."

요즘 세상에 남자가 돈을 벌고 여자가 요리를 하는 게 당연하지는 않지만, 우리 집은 아버지가 외벌이시고 어머니는 전업이셨다. 집안일은 거의 다 엄마가 했지만 아버지도 집안일에서 완전히 손을 놓으신 건 아니고, 식후 설거지 정도는 하셨다. 뭐, 매번은 아니고 할 수 있을 때만 하셨지만.

본가에 살 때는 피곤에 절어 집에 왔을 텐데도 나서서 뒷정리를 하는 아버지를 보고도 아무런 생각이 들지 않았지만…… 지금은 어쩐지 마음을 알 것 같았다.

"어머님이 요리. 아버님이 뒷정리."

"님……?"

어째서인지 로봇처럼 내가 한 말을 반복하는 아카리.

그리고 또 어째서인지 얼굴을 새빨갛게 붉히고 있다. 무슨 부끄러워할 만한 말을 했나……?

"저기, 선배."

"어, 어?"

"죄송한 말이지만, 그럼 선배의 말씀대로 부탁 좀 드려도 될까요?"

"어, 그, 그래. 알았어, 그럼 내가 할게."

"선배의 어머님처럼 제가 요리를 하고, 선배의 아버님처럼 선배가 뒷정리를 하고, 그런 느낌으로…… 에헷, 에헤헤."

"으, 응."

몇 번이나 말을 반복하니 내가 아니라 집안 사정을 사찰당하고 있는 것 같아서 부끄러워졌다.

아무튼 아카리도 이견은 없어 보이니 뒷정리는 내가 이어서 하기로 했다. 그동안 아카리는 러닝 하면서 끈적해진 몸을 씻고.

"맞다. 선배, 빨래도 해도 될까요?"

"되지 그럼."

"그럼 혹시 빨래는 그, 어머님하고 아버님 중 어느 분이 하셨어요?"

"응? 아아, 음…… 어머니?"

"그렇구나! 그럼 제가 빨래 담당 할게요! 선배의 어머님처럼!"

아카리는 그렇게 의욕을 불태우며 서둘러 세탁기가 있는 탈의실로 뛰어갔다. 샤워를 하는 김에 세탁기도 돌릴 모양인가 보다.

그나저나 부모님의 가사 분담 이야기를 계속 꺼내네…… 제가 죄송합니다, 아버지, 어머니.

그렇게 멀리 계신 부모께 속으로 사과를 하면서 그릇을 부엌으로 옮긴 뒤 하나씩 깨끗하게 씻고 있는데, 갑자기 탈의실 문이 열리더니 그 틈으로 아카리가 얼굴을 내밀었다.

"……선배."

"응? 왜?"

"저기…… 그…… 속옷은 어떻게 할까요?"

"속옷? ……앗! 맞다, 속옷! 미안해!"

순간 무슨 말인가 하다가 어제 목욕하러 들어갈 때 평소처럼 세탁 바구니에 던진 것을 떠올리고는 경악했다.

서, 설마 지금 내 팬티를 아카리가 본 건……?!

"가, 가지고 나올게! 어, 그러니까 세탁망에 넣고, 아니지, 아예 아카리의 세탁물과는 구분해서…… 아, 왜 어제는 생각 못 했지!"

"저, 저기 선배. 저는 선배 거랑 같이 빨아서 그…… 상관없는데요."

"아냐, 그렇게까지 안 해도 돼."

"선배의 부모님도 빨래를 따로 하세요……?"

"이제 그건 그만 말하고!"

이젠 아들인 나까지 슬슬 부끄러워지기 시작했다. 참고로 우리 집은 3인 가족이라 남녀 구분 없이 한꺼번에 빨래를 하긴 하지만!

"선배야말로 너무 그러시지 않아도 돼요! 저는 군식구…… 아니, 빚 담보니까요! 같이 세탁망에 넣어서 돌리면 돼요!"

"하지만…… 음……."

"수도세도 쓸데없이 많이 나올 테고…… 으, 선배가 계속 그렇게 빨래를 구별하겠다고 우기시면 저는 그냥 빨래 안 할게요!"

"뭐어?!"

아카리가 폭탄선언을 했다!

빨래를 안 한다는 건 다시 말해 내내 같은 옷을 입겠다는 말인가……?!

"그건 아닌 거 같은데!"

"하지만 안 그러면 수도세가 많이 나오잖아요!"

"아니, 그렇게 말하면……."

요리, 화장실, 목욕…… 한 명이 쓰던 걸 두 명이 쓰게 되면 단순 계산상으로도 2배가 되지만 지금 그 말을 하면 불난 데 기름을 붓는 꼴밖에 안 되겠지?

'그럼 화장실도 안 가고 목욕도 안 할게요!'라고 말하면 지금보다 더 골치 아프게 된다.

"아, 알았어. 알았다고! 그럼 내 속옷을 세탁망에 넣어서 같이 돌려! 됐지?!"

"……알았어요. 나중에 도로 물리기 없기예요?"

"안 그래!"

나는 힘차게 고개를 저으면서 내심 안도했다. 이쯤에서 끝나 다행이라고.

"그럼 선배. 번거로우시겠지만 여기서 골라 주세요."

아카리는 탈의실에서 세탁 바구니를 꺼내며 그렇게 말했다.

"응? 굳이 왜 밖으……로……."

반사적으로 묻다가 세탁 바구니 제일 위에 놓여진 옷을 보고 입을 다물었다.

그것은 방금까지 아카리가 입고 있던 티셔츠였다.

"죄송해요…… 옷을 벗고 난 뒤에 봐 버려서…… 지금은 그, 모습을 보이기엔 별로 좋지 않은 상태라고 할까요……."

"그, 그렇겠네!"

"그, 땀이 흥건해서 다시 입기도 좀 그래서요…… 그, 그래도 속옷은 입고 있으니까 어쩔 수 없이 들어와야 한다 하시면……!"

"아니야! 안 들어가도 되니까 그냥 거기 있어!"

나는 그렇게 외치고 서둘러 세탁망에 속옷을 넣으려고 했……는데.

"저기, 아카리. 그…… 혹시 탈의실 세탁기 위쪽 선반에 세탁망이 있을 건데……."

"네? 아, 저건가요? 으 …… 있어요!"

"고마워, 그거 나 주면——"

"네에?!"

어째서인지 놀라 소리를 지르는 아카리.

이번에는 이상한 말은 전혀 하지 않았는데? ——어라, 왠지 불길한 예감이……?

"아, 알았어요……! 부끄럽지만……!"

그런 무서운 말을 한 직후, 탈의실 문이 천천히, 아주 천천히 열리기 시작했다.

아, 이거. 불길한 예감이 들어맞는 패턴이다.

"스톱! 스토옵!! 아카리! 굳이 주려고 나올 필요 없어! 세탁 바구니처럼 복도로 그냥 던져!"

"앗!! 그, 그러면 되겠네요?"

아카리도 이제 깨달았는지 허둥대며 소리를 지르더니, 복도로 세탁망을 냅다 내동댕이쳤다. 아니, 세탁망이라는 게 저렇게 깔끔하게 내동댕이칠 수 있는 물건이었나……?

"지, 지금이에요!"

"어, 응!"

의문의 상황극에 장단을 맞추며, 아카리가 탈의실 문을 닫자마자 달려가 세탁망을 확보. 아카리가 벗어 둔 옷을 건드리지 않도록 조심하며 신속하게 내 팬티(트렁크 스타일)를 집어 세탁망에 봉인한다.

좋아 만악의 근원은 이것으로 처리 완료. 굳이 서두를 필요가 있었는지는 의문이지만…… 아, 맞다.

"아카리, 빨래 한 개 더 추가해도 돼?"

"네? 물론이죠. 주세요."

'뭘 그런 것까지 묻지?'라는 반응을 보이는 아카리를 보며 '그러게, 왜 그런 걸 물었을까' 하고 생각하는 나.

뭐, 됐어. 나는 입고 있던 티셔츠를 벗어서 혹시라도 세탁망 안의 내용물이 비쳐도 아카리가 보지 못하겠끔 돌돌 감쌌다.

그리고 세탁 바구니를 탈의실 문을 열면 바로 보이는 곳에 다시 두고…… 이제 됐어!

"아카리, 다 했어."

"네!"

조심스러운 기색으로 탈의실 문을 여는 아카리.

그런 다음 세탁 바구니를 질질 끌고 들어가더니 그대로 문을 탁

닫았다.

후우…… 이로써 속옷 차림의 아카리와 갑자기 마주치는 해프닝은 피했다……!

그렇게 안심하며 설거지를 재개——하기 전에 윗옷을 입자. 이대로 벗고 있으면 아무래도 샤워를 마치고 나온 아카리가 볼 수도 있으니.

그렇게 생각하며 부엌에서 방으로 이동하려고 한 바로 그때였다.

——우리 집 구조는 이렇게 되어 있다.

현관에서 방까지 가는 복도에는 길을 따라 부엌이 나 있고, 이곳에 탈의실 문이 있다. 탈의실에는 세탁기와 세면대가 설치되어 있으며, 또 욕실과 화장실도 이곳을 통해 갈 수 있다. 참고로 화장실과 욕실은 따로 있다.

그리고 복도에서 탈의실로 들어가는 문은 여닫이로 되어 있다. 문손잡이를 돌려서 여는 흔한 문이다.

이 문은 바깥쪽으로 열리게 되어 있는데, 복도에서 보면 부엌을 완전히 가려 주는 구조라 조금 전까지 나와 아카리는 마주치지 않을 수 있었다.

그리고, 그리고다.

탈의실에서 문을 열면 부엌 쪽은 벽이 되어 가려 준다. 그러나 한쪽으로만 열리는 문이라면 당연히 반대쪽은 무방비하다.

부엌의 반대쪽에 있는 방 쪽은 말이다.

흔한 구조다. 특별히 좋다고 느낀 적은 없지만, 불편하다고 생각한 적도 없다.

하지만 나는 옷을 가지러 방에 가다가——어째서인지 다시 탈의실 문이 열리는 것을 보고, 처음으로 이 집의 구조를 원망했다.

"선, 선배! 이거 지금 막 벗⋯⋯은⋯⋯."

왜 그녀는 굳이 문을 열었을까.

왜 나는 또 그것을 보고 걸음을 멈췄을까.

애시당초, 왜 나는 아카리가 욕실에 들어갈 때까지 기다리지 못했을까.

결국 전부 뒤늦은 후회다.

사실상 아카리는 탈의실 문을 열고 말았다.

그리고 이 집의 구조상 가로막는 것 하나 없이⋯⋯ 우리는 확실하게 눈과 눈이 마주치고 말았다.

반바지만 입은 채 상체는 탈의한 나와 속옷 차림으로 내 티셔츠를 들고 있는 아카리.

'피, 핑크⋯⋯.'

더는 발뺌할 수 없을 정도로 똑똑히 봐 버렸다.

아쉬운——아니, 불행 중 다행인 점은 아카리가 아직 반바지를 입고 있다는 것이다. 상의를 벗어 놓다가 빨래 바구니를 본 모양이다. 그건 다행이다. 진짜 다행이다.

그렇지만 상반신만으로도 엄청난 파괴력이다.

수치심으로 얼굴──뿐만 아니라 목까지 새빨개진 아카리는 문을 연 채 그대로 굳어져 버렸고, 나도 어째서인지 못이 박힌 듯 움직일 수 없었다.

부드러워 보이는 매끈한 살결. 볼륨감이 느껴지는 가슴. 근육질은 아니지만 적당히 탄탄한 허리 라인…… 어쩔 수 없이 눈이 향해 버린다.

'뭘 그렇게 뚫어져라 보는 거야, 이 바보야. 자제해. 아가리는──
──'

그래. 아카리는 친구의 여동생이라고. 고작 한 살밖에 차이 안 나는 여자애라는 생각은 하지도 마.

구실은 황당하기 그지없고 이야기도 갑작스럽고, 아카리──라기보다 미야마에 남매의 목적이 무엇인지는 확실하게 모르지만…… 그래도 받아주기로 결심했잖아.

틀림없이 아카리도, 스바루도 나를 믿고 있을 테니…… 그러니 이런 일로 그 믿음을 배신하지 말자.

"미안해!"

"아……"

나는 내 어리석은 욕망을 떨쳐 내듯이 단전의 힘을 끌어 모아 외치고 몸을 돌렸다.

실제로 얼마나 오랫동안 보고 있었는지는 모르겠다. 억겁처럼도, 찰나처럼도 느껴졌다.

하지만 봐 버렸다. 그 사실은 이제 왜곡할 수 없다. 그러니 사과해야 해…… 라며 등을 돌린 것까지는 좋았다.

······다음 말이 떠오르지 않는다. 아무리 쥐어짜 내도 미안하다는 사과의 말밖에 떠오르지 않는다.

하지만 사과는 하면 할수록 말의 무게가 가벼워진다. 옛날에 그렇게 배웠다.

그러니 미안하다는 말 말고 다른 말을 생각해 내야 해. 뭐지, 뭐가 있지——

"선배."

그 목소리는 순간 어안이 벙벙해질 정도로 평온했다.

"왜 선배가 사과하는 거예요. 잘못은 제가 했는데. 제가 멋대로 동요하고 열었잖아요."

"아, 아니야. 그렇지 않아. 내가 괜히 움직인 게 잘못이지······."

"하지만 선배도 옷을 갈아입어야 했으니——에취!"

갑작스러운 재채기에 나도 모르게 돌아설 뻔했지만, 어떻게든 그 전에 자제를 했다.

그리고 재채기를 한 아카리는 민망하다는 듯이 웃음기 섞인 목소리로 말했다.

"죄, 죄송해요. 저도 모르게 그만······."

"아냐. 곰곰이 생각해 보면 두 사람 다 옷 벗고 뭐 하고 있는 건지 싶네······."

객관적으로 보면 이 구도는 상당히 이상했다. 당사자 입장에서 보면 견딜 수 없겠지만.

게다가 여름철이라 에어컨이 빵빵하게 틀어진 실내는 맨살로 있기에 춥다. 그렇지 않아도 땀을 흘려서 몸이 식어 있을 텐데.

"일단 그…… 샤워하는 게 어때?"

"그게 좋겠죠? 그렇게 할게요! 고마워요, 선배!"

씩씩하게 인사를 하고 아카리는 탈의실 문을 닫았다.

그리고 잠시 뒤, 또다시 안쪽 문이 닫히는 소리가 들렸다. 욕실에 들어갔나 보다.

"하아……."

그 소리를 듣자마자 나는 어깨의 힘이 빠지는 것을 느꼈다.

하지만 여전히 마음은 무겁다──당연한 일인가, 심판이 미뤄진 것뿐이니.

"난감하네…… 같은 집에 살고 있으면 언젠가 이런 순간이 올 수도 있다고 생각은 했지만…… 그렇다 해도 너무 빠르잖아!"

일어나지 않는다는 보장은 없다…… 하지만 일어나지 않았으면 했던 해프닝이다.

그리고 언젠가 일어날 일이라고 마음의 준비를 하기에는 시간이 부족했다…… 그야 그렇잖아. 아카리가 온 지 하룻밤에 안 됐다고! 게다가 아침이야! 만 하루도 안 지났어!

"후…… 아냐, 내가 하소연을 해 봤자 무슨 소용이 있겠어. 힘든 건 아카리인데……."

그렇게 스스로를 진정시키고 일단 티셔츠를 찾아 입는다.

그리고 내팽개쳤던 설거지를 계속하기로 했다. 몸을 움직여 생각을 멈추기로 한 것이다.

하지만 접시에 묻은 것들이 떨어져 나가는 모습을 보고 있자니, 어쩐지 아주 조금 기분이 나아지는 느낌이 들었다.

◇ ◇ ◇

"선배. 저 화 안 났어요."

"……어?"

연장자로서의 존엄성도 내다 버린 채 비장하게 무릎을 꿇고 아카리를 맞이하자, 샤워를 마치고 러닝 가기 전의 옷으로 다시 갈아입은 아카리가 화를 내지도, 그렇다고 웃지도 않고 그저 당황한 기색으로 그렇게 말했다.

"피차일반이잖아요. 저도 보여 줬지만, 저도, 그, 선배의 몸을 봐 버렸고……."

"아니, 남자랑 여자는 전혀 다른데……."

"그건 선배가 남자니까 그래요. 저에게는 오히려…… 아, 아니에요. 아무튼 그게 그거예요!"

아카리는 얼굴을 붉히더니 몸을 앞으로 쑥 내밀며 좌식 테이블을 탕탕 쳤다.

"그러니까 선배도 그렇게 미안해하는 표정 짓지 마세요! 아무 잘못도 안 했으니까! 뭣하면 다시 한번 볼래요?!"

흥분한 아카리는 여전히 얼굴을 붉힌 채 블라우스 단추에 손을 대더니, 맨 위에서부터 끄르기 시작했다…… 응? 잠깐만!

"아, 아냐! 됐어!"

반사적으로 아카리의 손을 잡고 멈춘다.

"그건 진짜 무슨 의미인지 모르겠어!"

"아…… 그, 그렇네요……."

"알았어. 앞으로 신경 안 쓸게."

아카리의 손을 놓고서 한숨을 푹 쉰다.

찝찝함이 완전히 사라진 것은 아니지만 다 떠나서, 너무 피곤했다. 이런데 아직 낮 12시도 안 지났다니…… 이게 진짜일 리 없어.

아카리는 어쩌고 있나 싶어 바라보니 그녀는 멍하니 두 손을 바라보고 있었다.

"앗, 세탁기!"

그러다 갑자기 그렇게 소리치며 고개를 들고 나를 봤다.

"저기, 세탁기 사용법 좀 알려 주실 수 있나요? 우리 집에 있는 것과 다른 모델이라."

"아…… 근데 나도 제대로 설명서를 읽은 적이 없어서 말이야. 대충 감으로 조작하면…….."

"…………선배?"

"예, 익힐게요. 익히겠습니다!"

"네. 잘 부탁드려요."

아카리는 천사 같은 미소를 빙긋 지었지만, 나는 그 전에 보여준 위압감 넘치는 미소가 더 인상적으로 느껴졌다. 뭐, 그냥 대충 넘어가려 한 내 잘못이지만.

그렇게 해서 아카리에게 세탁기 사용법을 설명하기 위해 탈의실로 향했다.

그리고 둘이 나란히 서서 세탁기를 조작하는데…… 가깝다. 가까워도 너무 가깝다.

맨몸을 보게 된 상대와 이렇게 가까이 있어도 되나? 여전히 나와 같은 샴푸, 바디 워시를 썼을 텐데도 엄청나게 좋은 향기를 풍기고 있어……!

"유연제는 이 유연제 투입구라 쓰인 곳에 넣으면 될까요?"

"응. 세제는 빨래랑 같이 넣으면 되고."

"이해했어요!"

혼자 사는 사람들에게 적합한 저렴한 모델이다. 기능이 적은 만큼 조작도 간단해서 아카리도 빠르게 사용법을 터득해 나갔다. 마치 처음부터 알고 있던 건 아닐까 싶을 정도로.

"이제 다 알았어요."

조작을 마치고 움직이기 시작한 세탁기를 보더니, 아카리는 만족스러운 미소를 지었다.

그러다 뭔가를 떠올렸는지 나를 쳐다본다.

"그러고 보니 선배. 선배는 샤워 안 하세요?"

"응? 아…… 까맣게 잊고 있었네. 뭐 땀도 다 말랐으니, 오늘은 굳이——"

아니, 잠깐.

확실히 평소의 나라면 귀찮아서 샤워를 안 하고 넘어갔겠지만, 지금은 여자애 앞이다.

여자애 앞에서 땀 냄새 풀풀 풍기면서 있는 건 이른바 땀 냄새 공격인가 하는 그거려나?!

"라고 잠깐 생각했지만 간단히 씻어야겠다."

"그래요? 그럼 저는 나가서 기다릴게요."

"응, 쉬고 있어."

탈의실에서 나가는 아카리를 지켜보고 있다가 확실하게 문이 닫힌 것을 확인하고 옷을 벗었다.

뭐, 세탁기도 돌리고 있으니 이제 탈의실에 볼일은 없겠지. 해프닝은 이제 더 이상 없다!

"서, 선배."

"느악?!"

더 이상 없다고 생각하자마자 문 너머에서 들리는 소리에 소스라치게 놀란 나.

"느악……? 아, 죄송해요. 그, 어…….."

"무, 무슨 일인데?"

엉겁결에 이상한 목소리가 나왔지만 어떻게든 평정을 가장했다. 아니, 처음부터 실패했네. 이상한 목소리를 냈으니.

아무튼 침착해. 괜히 허둥대면 아카리가 걱정한 나머지 탈의실에 뛰어 들어올 가능성도 아예 없지 않아.

지금 들어오는 건 진심으로 위험해. 왜냐하면 아까처럼 위만 벗은 게 아니니까!

설계자는 무슨 생각으로 탈의실에는 잠금 장치를 안 만들어 놓은 거지?!

"그, 지금 꼭 물어야 하는 건 아니지만 그…….."

지금 묻지 않아도 되는 거면 지금 안 물었으면 좋겠어.

그런 생각이 안 드는 것은 아니었지만, 그렇다고 해서 '그럼 나중에 해' 하고 말할 수도 없었다.

"괜찮아. 뭔데?"

나는 아카리가 당황하지 않도록 가능한 한 부드럽게, 신사적으로 물었다. 모습은 신사적이지 않지만.

"그, 그…… 빨래 다 하고 나서 선배의 패, 팬티 말인데요!"

아, 그렇지. 바스 타월로 몸을 감으면 최악의 사태는──응? 뭐라고?

"그, 세탁망에 넣어서 빠는 것까진 좋은데 말릴 때는 세탁망에서 꺼내야 하잖아요. 그, 제가 꺼내도 괜찮은지, 혹시나 해서 여쭤보려고요……"

아니, 진짜로 왜 지금 묻는 거야?!

"만약 선배가 입으셨던 팬티를 감히 저 같은 사람이 만져도 된다 하시면 저도 제 나름대로 각오를 한 후에 임하고자 합니다."

또 로봇같이 딱딱한 말투로 변했어!

게다가 왜 극존대를 쓰는 거지……?

"그, 그건 내가 할게! 그러니까 그런 각오는 할 필요 없어!"

"네? 하지만…… 선배의 아버님도 본인 팬티는 직접 널어서 말리셨나요?"

여기서 또 부모님 이야기를 꺼낸다고……?

"그, 그러고 보니 그랬네! 우리 아버지도 본인 팬티는 직접 널으셨어!"

죄송합니다, 아버지. 저도 왜 이렇게 됐는지 모르겠지만, 제 친구 여동생에게 아버지는 본인 팬티를 직접 널어서 말리는 사람이 되고 말았어요.

뭐, 나쁜 짓을 한 것은 아니니 아버지도 용서해 주실 거죠?

"그런가요…… 알았어요! 선배의 아버님은 팬티를 직접 널어 말리시고, 어머님이 나머지를 말리셨다는 거네요."

"응, 맞아!"

"후아…… 왠지 속이 시원해졌어요. 고맙습니다, 선배."

"그래, 그렇다니 다행이네. 아하하……."

콧노래를 부르며 탈의실 앞에서 떠나는 아카리의 발소리를 듣고 나는 땅이 꺼져라 한숨을 푹 내쉬었다.

왠지 굉장히, 이루 말할 수 없을 정도로 피곤했다. 일단 또 뭔일이 일어나기 전에 얼른 샤워하자.

그렇게 내심 불안한 마음으로 샤워를 하면서 여자애와 사는 어려움을 뼈저리게 느끼는 나였다.

여담이지만 아카리는 우리 집에 올 때 속옷을 넣은 채 말릴 수있는 세탁망을 가지고 왔다고 한다.

왠지 조금 치사하다는 생각이 들었지만 내 집 베란다에 여자 속옷이 걸려 있으면 은근히 신경 쓰였을 것 같기에, 결국 '역시 아카리는 배려심이 넘치는 착한 애야'라는 식으로 결론을 지었다.

아카리가 온 지 며칠이 지났다.

처음에 갑작스러운 동거에 걱정이 이만저만이 아니었지만, 지내 보니 의외로 익숙해졌다. 실패를 교훈 삼아 규칙을 정하니 이튿째 아침에 벌어졌던 해프닝 같은 일은 또다시 발생하지 않았다. 아직까지는.

"음……."

그리고 우리 집에 벌써 적응한 아카리는 현재 좌식 테이블에 펼쳐진 문제집과 씨름을 하고 있었다.

그녀는 고등학교 3학년이자 대학 진학을 희망하는 학생이다. 당연히 이번 여름 방학은 수험 결과를 좌우하는 굉장히 중요한 시기이므로 이런 곳에서 빚의 담보——아니, 집안일을 돕고 있을 때가 아니었다.

그래서 지금처럼 특별히 할 일이 없는 시간에 자진해서 수험 공부를 하는 걸 보면 조금 안심이 된다. 대체 어떤 입장에서 이런 말을 하나 싶지만.

아카리는 성적이 우수하다는 평판대로 눈앞에 있는 현직 대학생에게 묻지 않고 묵묵히 문제를 풀어 나갔다. 여기 오기 전에 사서 처음 펴 본 문제집이라고 했는데, 마치 복습을 하듯 펜은 거침없이 정답을 써 내려갔다.

"선배!"

"다 했어?"

"네, 채점 부탁드려요!"

아카리가 해맑게 웃으며 노트와 해답지를 내밀었다.

그렇다. 이게 지금 내 역할이다.

아카리에게 도움만 받고 아무것도 되돌려 주지 못한 것에 죄책감을 느낀 나는 수험을 마친 2월부터 약 반년이나 공백이 있음에도 '모르는 것이 있으면 물어봐' 하고 우쭐대며 말했다. 그랬더니…… 그 결과 이 채점 담당자로 채용되었다.

아마 필요 없을 것이다. 왜냐하면 이 아이는 답을 틀리지 않으니까. 뛰어나다는 소문도, 스바루의 자랑도 전부 사실이었다는 것을 싫어도 깨닫게 된다.

과외를 해 주겠다 했을 때는 그렇게 눈을 반짝이며 기뻐해 놓고…… 그런 조금 슬픈 생각을 하면서 ○×표시를…… 정정, ○표시를 해 나갔다.

"응. 이번에도 모두 정답이네."

벌써 여러 번 채점을 했지만 아직까지 틀린 것을 본 적이 없다. 우수하다고 해도 이 정도일 줄이야.

"선배, 선배!"

노트와 해답지를 받은 아카리는 볼에 홍조를 띠우며 몸을 앞으로 내밀고서 무언가를 기대하는 듯이 눈을 반짝였다.

꼬리를 힘차게 흔드는 강아지의 모습을 겹쳐 보며 나는 그녀의 머리에 손을 뻗었다.

"여, 역시 아카리야. 대단해……."

"에헤헤헤……."

머리를 쓰다듬자, 아카리는 기쁜 듯이 만면에 활짝 미소를 짓는다.

그 모습이 또 매력적이라 나도 모르게 부끄러운 마음이 들었지만, 아카리는 그런 나의 마음도 모른 채 되레 내 손바닥에 자신의 머리를 더 비볐다.

"이게 그렇게 좋아……?"

"네…… 최고예요……."

"그, 그래. 그렇다니 다행이네."

내가 할 수 있는 건 그리 많지 않아서 머리를 쓰다듬는 것만으로 아카리에게 도움이 된다면 기쁜 일이지만, 노력과 결과가 없는 것이 참…….

그런 생각을 하면서도 언제 멈춰야 하는지 몰라 하염없이 아카리의 머리를 쓰다듬고 있는데, 갑자기 주머니 속 스마트폰 진동이 울려 퍼뜩 정신을 차렸다.

전화가 온 것이 아니라 미리 설정해 둔 알람이 울린 것이었다.

"아, 미안해, 아카리."

"네……?"

"어제도 말했지만 나 오늘부터 아르바이트 해. 이제 슬슬 나가봐야 해서……."

"……아, 그러고 보니 그런 말을 하셨죠."

응? 어라? 왠지 목소리가 조금 낮아진 듯한데……?

"아르바이트 하는 곳이 카페였던가요?"

"으, 응. 맞아. 왜?"

"그냥 물어봤어요. 오늘도 날이 덥다니까 더위 먹지 않게 조심하세요."

"고, 고마워. 아, 아카리도 하고 싶은 거 하고 있어. 에어컨 빵빵하게 틀어 놓고."

"말씀 감사해요. 근데 저도 잠시 산책이라도 나가 보려고요……."

"그럼 여분 열쇠 줄게. 길 잃지 않게…… 아, 이런 말은 실례인가? 스마트폰으로 지도를 보면 되니까."

"아하하……."

"뭐, 나가는 건 좋은데 너무 늦게 들어오지 말고."

"네. 그럴게요. 감사합니다."

그렇게 말하며 몹시도 예쁜 미소를 짓고 있는 아카리가 뭔가 미심쩍었지만, 이젠 진짜 시간이 별로 없었기에 나는 서둘러 준비하고 아카리를 남겨 둔 채 집을 나섰다.

◇ ◇ ◇

카페 '무스비'. 주택가에 조용히 자리 잡은 이 개인 카페가 내가 아르바이트하는 곳이다.

SNS 감성인지는 잘 모르겠지만, 이 가게만의 앤티크하고 차분한 분위기는 꽤 마음에 든다. 마치 영화의 한 장면에 나올 법한 멋이 느껴진달까.

나는 대학에 입학한 4월부터 이 카페에서 일하고 있다. 점심시간에는 나름대로 붐벼서 바쁘지만, 가게 사정을 잘 아는 단골도 많고 사고도 거의 없어서 접객 초보자인 나에게는 정말 고마운 환경이었다.

"하아……."

"무슨 일로 한숨이 그리 깊으실까?"

점심시간이 끝나고 손님이 다 빠져나간 시간.

테이블을 정리하고 겸사겸사 가게 안을 청소하다가 나도 모르게 흘린 한숨을 같이 일하는 유아 누나가 듣고 말았다.

유아 누나는 이 카페를 경영하는 마스터의 딸로, 이 카페 분위기와 정말 잘 어울리는 미인이다.

뭐, 가게 인테리어 할 때 그녀의 의견이 상당히 많이 반영되었다고 하니 가게가 그녀에게 잘 어울린다고 해야 하나.

깔끔한 와이셔츠에 베이지색 치노 팬츠, 그리고 무늬 없는 단색 앞치마. 나와 똑같은 유니폼을 입었지만, 유아 누나가 입으면 상당히 그림이 된다.

그녀의 모습을 보겠다는 이유로 이곳을 찾는 단골도 적지 않다.

"지금 무시하는 거야? 에잇에잇~"

유아 누나는 앞치마 너머로도 뚜렷이 존재감을 드러내는 두 개의 언덕을 꾹 누르듯이 백 허그를 하면서 장난스럽게 속삭였다.

검지로 볼을 꾹꾹 누르면서 돌리는 옵션은 덤이다. 아파.

"유아 누나…… 손님이 없다 해도 너무 가까운데요."

"뭐어~? 손님이 없으니 괜찮잖아. 나랑 모토뭉 사이에 무슨 내외야."

"남의 이름을 왜 그렇게 불러요."

"어디 지역 마스코트 같아서 귀엽지 않아? 모토무, 모토뭉, 못또 뭉순으로 진화하는 거야."

뭐가 귀여운 건지. 내 이름을 가지고 하니 전혀 판단할 수가 없다. 그냥 바보 취급 당하는 느낌밖에 들지 않았다.

"있잖아, 모토뭉~. 모토뭉은 언제 못또뭉으로 진화할 거야~?"

"아 짜증……."

손끝으로 뺨을 후벼 파는 유아 누나에게 나는 결국 한마디 하고 말았다.

손님들 앞에서는 점잖고 차분하고 어른스러운 인상으로 있지만, 뒤에서는 이렇게 어린아이같이 치근댄다.

아니, 실제로도 어린애다. 자유롭게, 마음 가는 대로 살고 있다.

분명 올해 26살이었던가. 그 나이가 되도록 정규직으로 취직하지 않고——

"모토뭉, 지금 뭔가 실례되는 생각 했지?"

"……아뇨? 그보다 청소 좀 얼른 하세요. 더 시간 끌면 손님 오기 전에 못 끝내요."

"네에."

유아 누나는 삐진 듯 성의 없이 대답하며, 테이블 위에 둔 행주를 집어 들었다.

"모토뭉은 사람을 너무 심하게 부려 먹어~. 나는 홀에서도 주방에서도 일하는데. 이런 한가한 때에는 좀 쉬게 해 주면 어디가 덧나?"

"지금은 주방도 한가하지 않나요. 게다가 방금까지 쉬었고."

"윽…… 어? 그리고 보니 모토무, 어쩐지 얼굴빛이 좋아졌네?"

"노골적으로 화제를 돌리시겠다……?"

"아니, 그게 아니라 칭찬──이 아니라 안심하고 있는 거야. 이래 봬도 이 누나가 걱정 많이 했다고. 혼자 사는 데 익숙하지 않아서 이상한 것만 먹고 있는 것 아닌가 하고."

"그렇게 생각하면 제대로 된 음식 좀 먹여 주시죠……."

이 가게에 있는 메뉴 중 커피는 점장──마스터가 전담하고 있고, 요리는 주로 유아 누나가 담당하고 있다. 뭐, 마스터도 요리는 할 줄 알아서 유아 누나가 없을 때는 마스터가 카페 카운터와 주방을 오가며 일한다.

나는 당연히 서빙 전문이다. 요리는 제대로 만들 줄 모르니까.

그리고 아르바이트의 대가로 시급 외에 식사가 제공되기도 하는데, 어째서인지 유아 누나는 이 식사로 메뉴로 내기 전 단계의 시제품을 제공한다.

당연히 시험작인 만큼 성공한 것도, 실패한 것도 있다.

성공작이면 상상을 초월할 정도로 맛있는 요리를 맛볼 수가 있다. 그야말로 제공되는 식사에서 이 가게의 간판 메뉴가 탄생하는 것이다.

하지만 그런 대박 작품이 있다면 쪽박 중에 쪽박인 괴작도 있다. 그런 망작을 먹으면…… 아아, 생각하기도 싫다.

체감상 성공과 실패는 거의 반…… 아니지, 실패가 더 많은가. 덕분에 식사 시간이 다가오면 불길함과 긴장감에 심장이 쿵쿵 뛰었고, 성공작을 먹어도 기뻐하기보다 안도감이 먼저 들었다.

나에게 유아 누나가 만든 음식은 일한 뒤에 제공되는 보상이라기보다 운빨 테스트와 같은 시련에 가깝다.

"뭐야~ 좋다고 먹어 놓고."

"누가, 언제요."

"모토뭉가, 항상."

"안과 좀 가야겠네."

"와, 너무하네."

유아 누나는 유쾌하게 웃더니 콧노래까지 흥얼거리기 시작했다. 오늘도 또 엄청난 괴식──아니, 도전적인 음식을 먹겠네……

아, 아카리의 음식이 벌써부터 그리워진다. 유아 누나가 말한 대로 내 얼굴빛이 좋아졌다면, 틀림없이 그건 아카리 덕분이다.

"가만, 근데 말이 좀 짧아졌네?"

"……손님도 없는데 뭐 어때요."

"흠. 누나가 한 말을 그대로 뺏어서 하다니, 모토뭉도 많이 사악해졌어? 그런 나쁜 모토뭉은 모토무로 강등이야."

"당최 무슨 말인지."

그렇게 말하고는 즐거운 듯이 웃는 유아 누나를 보며 나는 한숨으로 대답을 대신한다.

유아 누나는 나보다 나이가 많긴 하지만, 손님 앞이 아니면 기본적으로 반말로 이야기를 나눈다. 평소에 존댓말을 쓸 사이도 아니라서.

"그래서 모토무, 남한테는 화제를 돌린다고 말해 놓고, 맨 처음에 한숨 쉰 건 그냥 넘어가는 거야?"

"그냥…… 버릇 같은 거야."

"한숨이 버릇이라면 얼른 고치는 게 좋아. 알지? 한숨을 쉴 때마다 행복이 도망간다는 이야기."

"그런 건 또 어디 인터넷 뉴스에서 본 거야?"

"상식이야. 뭐, 근데 아까 그 한숨은 그런 종류의 것이 아니었는데. 굳이 말하자면…… 그래, 행복해서 살이 쪘네요~ 하는 그런 거?"

"그게 대체 무슨 말이야……."

유아 누나는 가끔, 아니 꽤 자주 알 수 없는 말을 한다.

내가 한숨을 쉰 이유는 집에 남겨 두고 온 아카리를 떠올렸기 때문이다.

아카리는 남을 과하게 배려하는 성격이다. 내 앞에서 즐거워하는 모습만 보여 주지만, 혹시 혼자 집에 남아서 불안한 건 아닐까, 그런 생각이 들어서 나도 모르게 그만.

그래. 아카리도 걱정되니 오늘은 밥 먹지 말고 아르바이트 끝나자마자 집에 가자. 그게 좋겠다.

"있잖아, 모토무. 좋은 거 하나 가르쳐 줄까?"

"아니, 사양할──으흡?!"

"건방진 태도 금지!"

유아 누나는 다짜고짜 어깨에 팔을 걸더니, 황당하게도 자신의 큰 가슴에 내 얼굴을 파묻으며 입을 막아 버렸다.

아니 이렇게 막는 게 어딨어?!

"잘 들어, 모토무. 여자애 앞에서 다른 애를 생각하는 건 노 매너야. 좋은 남자는 늘 눈앞에 있는 여자에게 집중하는 법이라고."

'여자애……?'

"설마 '26살은 이제 여자애가 아니지 않나?' 하는, 그런 생각 한 건 아니겠지?"

'어, 어떻게 알았지?!'

입이 막혀 반박할 수도 없는 데다 버둥거리면 버둥거릴수록 이 부드러운 가슴에 더 깊이 파묻힐 것 같아서 최대한 얌전히 듣고 있었는데, 유아 누나가 정확하게 내 생각을 읽어 냈다. 표정도 안 보일 텐데.

……그런데 본인이 더는 여자애라 불릴 나이가 아니란 걸 알고는 있구――우읍?!

"아야야야야!"

가슴이 부드럽다는 둥 그런 감상을 떠올릴 여유가 없을 정도로 팔에 힘을 주며 조여 온다. 이른바 헤드록……!

"왠지 정수리에서 무례한 기운이 흘러나오는데?"

"그런 곳으로 남의 감정 좀 읽지 말아 줄래?!"

"오호라, 부정은 안 하네? 정말로 무례한 생각을 하고 있었나 보구나?"

"아니, 그건, 음……."

"부정하지 않다니, 제법 배짱이 있네? 안 그래?"

"윽……! 괴로워……!"

"누나 마음은 훨씬 더 아프고 괴로운데? 아아, 어쩜 이렇게 귀여운 맛이 없――아니지? 이 건방진 느낌도 나름대로 귀여울지도. 응, 조금 건방지고 틱틱거리는 겉멋 든 사춘기라는 느낌으로――"

점점 산소가 부족해지며 의식이 흐릿해져 가는 그때…… 딸랑 딸랑, 하고 입구 문에 설치한 종소리가 가게 안을 울렸다.

"어서 오세요!"

눈으로 좇지도 못할 만큼 빠른 속도로 나를 놓고 완벽한 영업용 미소와 밝고 높은 목소리로 손님을 맞이하는 유아 누나.

사, 살았다……! 유아 누나의 겉모습은 등급으로 따지자면 S급이다. 결코 동료를 괴롭히는 모습 따위 손님 앞에서는 드러내지 않는다.

지금도 마치 아무 일도 없었다는 듯이 상큼한 영업용 미소를 짓고 있어서 조금 짜증이 나지만…… 뭐가 됐든 기막힌 타이밍에 손님이 와 줬다.

개인적으로 커피 한 잔 서비스로 드리고 싶은 마음——어?

나는 간신히 호흡을 가다듬고, 가게 입구 쪽으로 고개를 돌렸다가——그대로 굳어 버렸다.

그녀는 영업용으로 완벽하게 위장한 유아 누나조차도 무심코 "어머, 귀여운 손님이네" 하고 중얼거릴 정도로 엄청난 존재감을 과시하고 있었다.

앤티크한 가게 분위기와도 잘 어울려 마치 드라마 속 한 장면처럼 보였다.

아침에는 입지 않았던 청초한 분위기의 원피스를 입고, 처음 보는 샌들을 신은 채, 반쯤 열린 문틈으로 들어오는 바람에 검은 머리칼을 살랑살랑 흩날리는 소녀——아카리의 모습에 나는 그만 그 자리에 굳어 버리고 말았다.

성스럽다고 해도 과언이 아닌 모습에 압도된 탓도 있지만, 대체 왜 아카리가 여기에 있는지 전혀 이해할 수 없었기 때문이다.

"저, 저기, 저, 그, 다, 당신은."

갑작스러운 미소녀의 방문에 유아 누나조차 굳어 버린 가운데, 아카리는 안절부절못하는 기색으로 부자연스럽게 방문을 열었다. 그 시선은 내가 아니라 유아 누나를 향해 있었는데——어……?

어쩐지 눈에 초점이 안 맞는 거 같은데. 아니, 그보다 안색이 창백한 느낌이——

"아…….."

"어어?!"

"아카리!"

갑자기 휘청거리는 아카리를 본 순간, 나는 그대로 튀어나갔다.

앞에 있던 유아 누나를 빠르게 지나쳐 어떻게든 바닥에 닿기 전에 그녀를 받아냈다. 중고등학교 때 육상을 하길 잘했다. 순발력이 없었다면 절대 제때에 잡지 못했을 것——이 문제가 아니라!

"아카리, 괜찮아? 아카리!"

"선배……."

말을 걸자 흐릿한 대답이 돌아왔다. 호흡은 거칠고, 몸은 불덩이처럼 뜨겁다. 역시나 안색도 안 좋고…….

"아…… 일사병이네."

뒤에서 유아 누나가 유심히 들여다본다.

"모토무, 이 아이 이름을 부르던데, 아는 사이야?"

"아는 사이라기보다…… 그…….."

"뭐야, 왜 바람피우다 걸린 남편처럼 당황해."

"바람……?"

"넌 말하지 말고 가만히 있으렴. 일단 모토무, 손님이 올지도 모르니 이 아이 좀 위로 옮기자. 우리 집에서 간호하게."

"어, 아…… 알았어!"

"파파! 잠깐 가게 좀 비울게! 모토무, 가자!"

솔직히 뭐가 어떻게 돌아가는 상황인지 모르겠지만, 지금은 아카리의 상태가 제일 중요했다.

나는 축 늘어진 아카리를 안아 들고서 서둘러 유아 누나를 따라갔다.

◆◆◆

이야기는 어젯밤으로 거슬러 올라간다.

벌써 며칠, 그래도 아직은 한손으로 셀 수 있을 정도의 시간이지만, 선배의 집에 와서 묵은 지 그 정도의 시간이 흘렀다.

나에게는 그 며칠도 충분히 쾌거라고 할 수 있는 시간이었다. 그만큼 행복한 시간이었고……. 하지만 힘들 때도 있었다.

그게──바로 지금.

"으으…… 으으으으으……!"

벽 너머로 희미하게 들려오는 샤워 소리에 나는 몸부림을 쳤다.

아주 작은 소리다. 하지만 그렇기에 오히려 온 신경이 쏠리고만다.

지금, 욕실에서 샤워를 하고 있을 선배의 모습을. 선배의, 실오라기 하나 걸치지 않은 모습을 상상하며──

"아, 안 돼, 아카리! 번뇌야 물러가라! 물러가!!"

나는 머리를 감싸 쥐고 몸을 웅크린다. 그래도 한번 떠오른 살

색 실루엣은 사라지지 않는다.

그, 그러고 보니 왜 '물이 쏟아진다'는 표현은 '쏟아진다'라고 할까.

물은 한꺼번에 쏟아지지 않는다. 샤워기에서 물이 여러 갈래로 뿜어져 나오는 거지. 물이 한꺼번에 쏟아지면 거의 물고문당하는 느낌이지 않을까?

그러니 정확히는 '물이 쏟아진다'가 아니라…… 아니, 이런 생각을 해도 현실 도피가 안 된다고!

아아, 생각하면 안 돼. 생각하면 안 돼.

뭔가 다른 생각을…… 이라며 초조해하던 나는 갑자기 손에 잡힌 그것을 순간적으로 움켜쥐고, 거의 충동적으로 뛰쳐나갔다!

- 아, 그래?

전화기 너머에서, 그녀는 전혀 흥미 없다는 듯이 짧게 말을 끊었다.

- 갑자기 전화했기에 뭔가 했더니…….

"그렇게 대놓고 한숨 쉬지 말아 줄래?! 릿 쨩밖에 전화할 사람이 없었단 말이야!"

처음 선배의 집에 왔던 날의 일이 힌트가 되었다.

내가 목욕을 하는 동안 선배가 오빠랑 통화하고 있던 바로 그 일이 말이다.

그래, 소리가 들려서 괴롭다면 밖으로 나가면 돼.

그렇지만 밤에, 그것도 길도 잘 모르는 곳을 돌아다니는 것은 위험하니까 나도 선배처럼 집 바로 밖에서 전화를 하기로 했다.

상대는 릿 짱. 나랑 가장 친한 친구다.

그렇다고 해도 고등학교 때 만난 사이지만.

하지만 그런 릿 짱에게도 내가 좋아하는 사람이 있다는 말은 부끄러워서 하지 못했다.

그저 이 여름이 승부의 계절이라고만 선언했을 뿐이다.

선언했으니 보고는 해야지. 그러니 전화를 하는 것도 전혀 이상한 일은 아닌 거야!

- 여름에 승부한다고 하면 보통 수험이라 생각하지.

"릿 짱은 참 성실하구나."

- 설마 아카리에게 성실하다는 말을 들을 날이 올 줄은 몰랐어.

릿 짱은 어이가 없다는 듯 한숨을 쉬었다.

확실히, 릿 짱은 언뜻 보면 불성실해 보일 수도 있다. 매사 귀찮다는 분위기를 풍기고 있고, 피부도 햇볕에 그을려서 살짝 노는 사람 같은 느낌이 난다.

하지만 근본은 성실한 성격이라는 걸 나는 잘 알고 있다. 액세서리 같은 것도 교칙상 금지니까 착용하지 않고, 손톱도 손질만 할 뿐. 피부가 탄 것도 아웃도어 취미 때문이고.

- 그보다 아카리가 연애에 관심이 있을 줄은 몰랐네.

"그래? 근데 나도 순정만화 같은 거 좋아해."

- 하지만 고백받으면 매번 냉정하게 거절했잖아.

"그건 좋아하는 사람이 한 게 아니니까 그렇지."

- 뭐, 그것도 그렇네.

그렇게 말하는 릿 짱도 여러 번 고백을 받았지만, 전부 거절했다는 것을 나는 알고 있다.

　아마 나보다 훨씬 많이 고백 받고 있겠지.

　릿 짱은 귀여우니까. 그리고 멋지고. 동성인 나조차도 가끔씩 설렐 때가 있을 정도니.

　- 그래서, 아카리의 승부란 게 좋아하는 사람 집에 쳐들어간 거였어?

　"쳐, 쳐들어…… 뭐, 틀린 말은 아닌데…… 너무 표현이 좀 그렇다."

　- 근데 네 얘기 들어보면 쳐들어간 거 맞잖아.

　아아, 이 신랄한 느낌…… 릿 짱은 전화에서도 여전히 릿 짱 그대로다.

　그런 당연한 생각을 하면서 나는 묘한 안도감을 느꼈다.

　며칠간 지내면서 들떠 있던 마음이 조금 차분해지는 느낌…….

　- 그래서, 그…… 누군지는 모르겠지만 아카리가 좋아하는 사람, 그 사람이 그렇게 좋아?

　"당연하지!"

　- 목소리 너무 커!

　앗, 나도 모르게 큰 소리를 내 버렸다. 여기는 밖이니까 조용히 해야 해……!

　하지만 도저히 차분해질 수 없었다.

　- 아카리, 너 좀 흥분한 거 같아.

　"어쩔 수 없어. 지금까지 아무한테도 이런 이야기를 하지 못했으니까……!"

- 하긴, 아카리에게 좋아하는 사람이 생겼다고 하면 너네 오빠
가 퍽이나 조용히 있겠다.

"그건…… 뭐, 그럴지도……"

실제로 조금이라도 늦게 집에 들어가면 '남친 생겼냐?' 하고 끈
질기게 물어봤을 때가 제일 귀찮았다. 좀 짜증이 날 정도로.

하지만 오빠도 대학생이 되고 독립한 뒤로 여자 친구까지 생겼
는지 상당히 조용해진 것 같다. 그리고 그 이외에도——

- 그래서 어떻게 됐어?

"응?"

- '응?'은 무슨 응이야. 쳐들어가서 무슨 성과는 있냐고.

"성과…… 응! 당연하지!"

목소리는 낮췄지만 고개는 힘차게 끄덕였다.

당연히 성과는 있었다. 그것은——

"있잖아, 릿 쨩. 선배보다 빨리 일어나면 선배가 자는 얼굴을 실
컷 감상할 수 있을 뿐만 아니라 선배를 깨울 수도 있어!"

- 뭐?

"잠이 덜 깨서 눈을 비비는 선배도 왠지 토끼나 햄스터 같아서
귀엽고!"

- 아, 그러서.

"매일 선배에게 밥을 차려 주면 선배가 맛있다고 해 주면서 먹
어. 그때마다 가슴이 뭉클해져서 아, 이게 바로 행복이지…… 하
는 생각이 든다고!! 이해하겠어?"

- 아니.

"이거 완전히 신혼 생활 체험하고 있는 거 같아! 근데 전혀 힘들

지가 않아! 오히려 매일 역대급 행복이 갱신되어 가는 느낌이야! 아아, 이거 완전 결혼 초읽기 아냐?! 이러다 갑자기 반지를 받으면 어쩌지?!"

– 그럴 리가.

촤악!

어이없어하는 릿 쨩의 목소리가 마치 머리부터 얼음물을 들이 부은 것처럼 나를 현실로 끄집어냈다.

위험해, 위험해. 괴로움에 몸부림치다 풀려난 탓인지 무의식중에 너무 많이 자랑하고 말았어. 릿 쨩이 질려하는 것도 당연해.

"에헤헤, 미안해, 릿 쨩."

– 내가 먼저 묻고 이런 말 하기 뭐하지만, 나는 아카리가 좋아하는 사람이 누군지 몰라. 그 모르는 누군가와 썸 타는 이야기를 들어도 뭐라 반응해야 할지 모르겠어.

"네 말이 맞아…… 근데 누군지 말하는 건 좀 부끄럽달까……"

– 아니, 지금까지 네가 한 이야기가 훨씬 더 부끄럽거든?

"아…… 뭐, 그건 그렇지만……."

하지만 좋아하는 사람이 누군지 알려주는 것은 역시나 부끄럽다.

왜냐하면 아직 나와 선배의 관계는 그저 내가 일방적으로 좋아하는 관계일 뿐이니까.

선배가 반지를 줄 리 없다는 것쯤은 내가 가장 잘 알고 있다.

"하지만 조금만 더…… 아주 조금만 더 선배와 특별한 관계가 된다면 자신감을 가지고 릿 쨩에게 알려줄 수 있을 거 같아!"

–그래, 그래. 기대하지 않고 기다릴게.

"뭐? 기대는 좀 해 줘!"

내 입장에서는 큰 결심을 하고 한 말이었는데 릿 쨩의 반응이 뜨뜻미지근하다.

- 아, 미안해. 나도 모르게 솔직하게 말해 버렸네. 근데 솔직히, 이야기를 들어 보면 조금 힘들겠다 싶긴 해.

"왜, 왜 그런……."

- 아카리는 귀엽잖아?

"엇?"

가, 갑자기 칭찬받았다?!

아니, 그런 이야기를 처음 듣는다든가, 드문 일이라든가 그런 건 아닌데. 릿 쨩은 좀 시니컬한 편이고 자주 나를 놀리면서 장난을 치니까.

- 아카리는 처녀지?

"어?!"

- 첫 키스도 아직이고.

"아니, 그건, 그, 그렇지만."

"그 선배가 덮치거나 한 적 없지?"

"덮……! 잠깐, 릿 쨩! 그, 그런 일은……!"

릿 쨩의 말대로 당연히 없다.

그야 물론 상상해 본 적이 없다고 하면 거짓말이겠지만…… 릿 쨩이 너무나도 갑자기 물어서 나는 제대로 된 대답을 할 수 없었다.

- 솔직히 같은 여자가 봐도 감탄하는 아카리와 그 선배가 한 지붕 아래에 있는 거잖아? 그런데도 손끝 하나 대지 않다니, 그게 상

식적으로 가능한 일이야?

"소, 손끝 하나까지는…….."

- 내 말이 틀려? 아카리가 지금까지 말한 에피소드 중에 그런 분위기는 전혀 보이지 않았는데.

"윽……!"

푹!

말이라는 예리한 나이프로 가차 없이 찌르는 릿 쨩!

- 선배라는 사람 말이야. 오빠의 친구라 했지?

"으, 응. 고등학교 때는 몇 번 우리 집에 놀러도 왔고, 지금도 같은 대학에 다녀."

릿 쨩은 아까 말한 정보를 다시 확인하듯이 물었다.

말하고 보니, 이 정보만으로도 충분히 선배를 유추할 수 있겠다 싶지만…… 뭐, 릿 쨩은 오빠한테 관심이 없을뿐더러 교우 관계도 모를 테니 괜찮지 않을까?

- 아카리가 그 선배네 집에 있는 것도 오빠가 중간에서 이야기를 잘 해 줘서 있는 거잖아.

"맞아."

- 그럼 선배는 친구의 동생을 잠시 맡아 주고 있다고 생각하는 거 아냐?

"그게 무슨……?"

- 그 선배가 여동생처럼 생각하고 있는 거 아니냐는 말이야.

"여동, 생…………?"

그 말은 즉 선배와 내 관계가 나랑 오빠의 관계와 똑같다는 거야──?

- 아카리?

"헉!"

순간적으로 정신을 놓고 말았다.

릿 짱의 말은 조금 더 살살 말해 주지 싶을 정도로 매웠지만, 의외로 수긍이 가기도 했다.

선배가 나를 바라보는 눈은 다른 남자들이 보내는 시선과 달리 한없이 다정하기만 하다.

기억하는 한 처음 만났을 때부터. 그렇기에 나는 선배를⋯⋯.

"하, 하지만 모르는 거야! 설령 선배가 그런 식으로 나를 보고 있다고 해도, 어느 날 갑자기 여자로 볼 수도 있고! 충분히 가능성이 있잖아! 우리가 피로 이어져 있는 것도 아니니까!"

- 그럴 수도 있지.

어째서인지 릿 짱의 반응이 안 좋았다. 평소 직설적 화법으로 유명한 릿 짱치고는 대답이 모호했다.

마치 산타를 믿는 아이에게 '사실 산타는 없는데'라고 생각하면서도 맞장구를 쳐 주는 부모 같았다.

- 그 사람, 동성애자는 아니지?

"뭐?"

- 아니, 별다른 뜻은 아니고. 왜, 세상이 많이 오픈마인드로 변해 가고 있잖아.

"아, 아마 선배는 아닐 거야."

- 아마?

"직접 들은 적도 없고 물어볼 생각도 없었고…… 그렇지만 만약 그렇다면 선배가 먼저 이야기해 줬을 거야. 일단은 같이 살고 있으니까. 선배가 진짜로 그쪽이었다면 나를 안심시키기 위해서라도 숨기지 않았을걸?"

― 흠, 그 선배를 많이 믿고 있구나?

"그렇지 않았다면 여기까지 밀고 들어오지도 않았을 거고…… 좋아하지도 않았을 거야."

― 그건 그러네.

좋아한다는 말을 입 밖에 내는 것만으로도 심장이 쿵쾅쿵쾅 뛰고 얼굴이 달아오른다…… 하지만 그렇기 때문에 내가 진짜 선배를 좋아한다는 것을 다시금 깨달았다.

일방적인 감정이기는 하지만, 릿 쨩도 이해해 준 것 같다…… 뭐, 조금 쓸쓸하게 웃기는 했지만.

― 그럼 여자 친구는?

"어? 어, 없지 않을까?"

― 하지만 멋있는 사람이라며.

"다, 당연하지! 선배는 말이지――"

― 스톱, 스톱. 자랑질은 이제 그만해. 내가 말하고 싶은 건 그런 사람이라면 여자 친구 한두 명쯤은…… 아니지, 두 명은 좀 이상한가. 아무튼 그런 상대가 있어도 이상하지 않다는 거야.

흠…… 확실히 일리가 있는 말이다.

"그렇지만 선배에게 여자 친구가 없다고 오빠가 증언해 줬으니 안심해도――"

― 아카리 오빠의 증언이라…….

으윽!

릿 짱은 이유 없이 사람을 나쁘게 말하는 애가 아니지만, 오빠는 별로 신뢰하지 않는다.

뭐, 이해는 간다. 그 인간도 나쁜 사람은 아니지만 좀 사람이 가볍다고 할까, 이성보다 분위기에 휩쓸려 행동하는 경우가 많고…… 그렇게 생각하니 갑자기 신뢰도가 뚝 떨어졌다.

아니, 하지만 그럼 선배에게 이미 여자 친구가 있을 가능성도……?!

- 대학생이 되면 만날 기회도 많아진다고 하잖아. 동아리라든지, 아르바이트라든지, 학교 대항전이란 것도 있잖아. 잘은 모르지만.

"아르바이트…… 헉! 리, 릿 짱! 그리고 보니 선배, 카페에서 알바한다 했어!"

- 아…… 카페는 위험한데. 거기야말로 그런 목적을 가진 사람들밖에 없잖아.

"그래?"

- 내가 알바했을 때 보니까 뻑하면 치근대더라. 뭐, 다 거절했지만.

"와…… 역시 릿 짱…… ."

릿 짱은 아르바이트를 다양하게 하고 있다. 경험이 풍부하다고 할까.

그런 데다 성적도 좋아서 역시 멋있다.

"하, 하지만 그 말대로라면…… ."

- 그 선배, 알바 하는 곳에 여자 친구……까지는 아니더라도 썸

타는 상대가 있을지도 몰라.

"마, 말도 안 돼……!"

그건 정말 생각지도 못한 부분이었다. 오빠도 선배가 일하는 곳의 인간관계까지는 잘 모를 수도 있으니.

하지만, 그렇다면 나는……!

- 뭐, 이건 너무 나갔나. 미안해, 아카리 지금 한 말 잊어——

"알았어…… 내가 확인해 볼게."

- ……아카리?

"마침 선배가 내일 알바 간다고 했으니까 쫓아가 볼게!!"

나는 결의에 찬 목소리로 그렇게 말했다.

"으…… 으음……."

"아 일어났다. 미소녀님, 괜찮아~?"

"어……?"

눈을 떠 보니 어째서인지 나는 좋은 냄새가 나는 이불에 누워 있었다.

창문으로 저녁 해가 들어오는 방 안에는 나 말고——

"미인 언니……?"

"꺅! 뭐야, 갑자기~!"

언니는 깜짝 놀라면서도 헤실헤실 웃는다.

뭐라 할까, 석양을 등지고 있으니 한층 더 매력도가 올라가는…… 이게 아니라!

"제, 제, 제가 왜 이곳에…… 왜 언니가 이곳에……?!"

"기억 안 나? 너 우리 가게에 들어오자마자 그대로 쓰러졌잖아. 그래서 옮긴 거야. 아, 여기는 카페 위층이야. 우리 집."

"쓰러졌다고요? ……아."

생각났다.

어제 릿 짱과의 대화를 통해 선배의 아르바이트 장소를 확인하기로 다짐한 나는, 오늘 아침 선배가 나가자마자 들키지 않도록 옷을 갈아입고 선크림을 꼼꼼하게 바른 뒤 선배의 뒤를 밟았다.

사실 미행하기에는 조금 시간이 지났지만 선배가 자전거를 타고 가지 않았으니, 전철을 타지 않는다는 가정하에 걸어서 갈 수 있는 거리라면 '카페에서 아르바이트 하고 있다'는 정보를 바탕으로 어렵지 않게 후보를 추릴 수 있었다.

물론 선배 몰래 훔쳐보는 것이 칭찬받을 일은 아니다. 그렇지만 선배가 일하는 곳에 내가 꼭 들어가야 할 필요도 없을뿐더러, 일이 꼬여 그곳에서 일을 도와주고 빚이라도 갚게 된다면 그야말로 바보짓이 된다.

당연히 반박할 말을 많이 준비해 뒀기에 그런 상황이 와도 쉽게 쫓겨날 생각은 없지만…… 으으, 하지만 빚의 담보 어쩌고저쩌고 한 것부터가 선배의 선의를 이용한 것이고…….

"으으……."

"어머, 갑자기 왜 그래?! 머리를 부여잡고! 역시 아직 몸이 안 좋니?"

"아, 아뇨……"

무심코 하지 않아도 될 생각까지 하는 바람에 머리를 감싸 쥐자, 예쁜 언니가 걱정스러운 듯이 내 얼굴을 살폈다.

　쓸데없이 걱정시킨 것에 대한 미안함과 또 예쁘고 어른스러운 분위기에 압도되어 나는 그만 말을 더듬고 말았다.

　이 사람…… 이 사람은 위험해.

　- 그 선배, 알바 하는 곳에 여자 친구……까지는 아니더라도 썸 타는 상대가 있을지도 몰라.

　릿 짱이 한 말이 머릿속에 재생되었다.

　썸 타는 상대라니, 그런 건 상상도 못했는데. 설마 이런 사람이 선배가 일하는 데 있었다니.

　손님들 앞에서는 흠 잡을 데 없이 예쁜 미소를 띠우며 완벽하게 일을 했다.

　그것만으로도 성인 여성다운 매력이 넘쳐흘러서 충분히 위험한데, 손님이 없어지니까 유난히 선배 옆에 붙더니 안기도 하며 손님들 앞에서와는 전혀 다른, 애교 가득한 미소를 지었다!

　분명 뭔가 있다. 하지만 진짜로 뭔가가 있으면 어, 어쩌지?

　이 사람은 어른이고 같은 여자인 내가 봐도 넋을 잃을 정도로 예쁜데——

　"자, 이거 마셔. 이온 음료야."

　그 목소리가 유난히 다정하다.

　반 이상 줄어든 음료를 준 것도 뭔가 특별한 의미가 있는 거 아닐까 의심하고 싶어질 정도로.

　"왜 그래?"

"저, 저기, 이거……."

"아, 그거? 낮까지는 새 거였어. 근데 마셨잖아."

"네? 누가……."

"너가. 자기 전에 마신 거 기억 안 나?"

"아."

그러고 보니 그랬던 거 같기도……?

솔직히 자기 전 기억이 애매해서…… 나는 분명 선배를 넋 놓고——아니, 지켜보고 있다가 너무 오래 뙤약볕 아래 있는 바람에 점점 정신이 멍해졌고, 그러다——무슨 생각을 했는지 비틀거리며 선배가 있는 카페에 들어갔다.

아무리 정신이 날아갔다 해도 제 발로 가게에 들어가다니…… 나는 바보야…….

결국 아르바이트 하는 곳에 무작정 찾아온 것도 들켰고, 더 나아가 선배에게 쓸데없이 폐를 끼치고 말았다.

절대로 선배에게 짐은 되고 싶지 않았는데……!

"어어? 갑자기 왜 울니! 어, 아카리라 했나? 뚝, 울지 마! 가뜩이나 지금 수분이 부족한데!"

한심함과 후회에서 오는 자기혐오에 나도 모르게 눈물을 흘리자, 언니는 당황하며 손수건을 대 주었다.

아, 이 사람은 분명 좋은 사람이다. 다정하고, 멋있고, 시원스레 웃는 선배와 정말 잘 어울린다. 기분 탓인지 선배와 비슷한 분위기까지 느껴진다.

"죄, 죄송해요…… 저기, 감사합니다."

"아냐, 괜찮아. 아카리를 간호한다는 구실로 합법적으로 일을 빼먹을 수 있어서 나는 좋았어♪"

"그, 그래도 괜찮나요?!"

"괜찮아, 괜찮아. 점심시간이 지나면 한가해져. 단골이랑 수다를 떨거나 안쪽에서 모토무랑 잡담을 하는 게 다야."

모토무, 라고 익숙하게 선배의 이름을 부르는 언니를 보며 나는 가슴이 지끈거리는 것을 느꼈다.

"그러고 보니 모토무랑 아는 사이던데. 어떤 사이냐니까 좀 복잡한 표정을 짓긴 했지만."

"아, 선배와는……."

어떤 사이일까.

나는 굳이 생각하고 싶지 않아서 말을 흐렸다.

선배와의 거리를 명확히 하고, 이 사람과 격차를 더 느끼는 게 무서워서.

"선배? 모토무의 후배니?"

"아, 네."

"음? 그럼 대학 동기가 아니다 이거네? 근데 이상하다. 모토무, 1학년이잖아. 재수도 안 했으니 후배가 있다면 고등학교 후배일 텐데…… 거기서 여기는 쉽게 올 수 있는 거리가 아닌데……."

언니는 턱에 손을 댄 채 그렇게 중얼거렸다.

예리하다, 아니 그렇다기보다 선배에 대해 잘 알고 있는 듯하다. 나이를 아는 건 이상하지 않지만, 고등학교에 관한 것이라든지.

"……아아, 미안해! 나만 계속 질문하고 있었네. 아카리의 입장에서 보면 모르는 사람이 취조하는 느낌이었겠다."

내 기분이 가라앉은 걸 눈치챘는지, 언니가 애써 미소를 지었다.

"나는 시라기 유아. 아래층에 있는 카페 사장의 딸이야. 아르바이트 하는 것도 집안일을 돕는다는 개념으로 하는 중이고. 뭐, 그 덕분에 대학을 나왔어도 취직하지 않고 빈둥거릴 수 있지만."

"시라기 유아…… 저는 미야마에 아카리예요."

"미야마에 아카리구나! 귀여운 이름이라 생각했는데 성도 정말 귀엽다."

그렇게 말하며 싱긋 웃는 언니…… 아니, 유아 씨.

성으로 칭찬해 준 사람은 지금껏 없었다. 어쩌면 분위기를 풀어 주기 위해 한 말일 수도 있다.

"그건 그렇고…… 모토무에게 이런 천사같이 귀여운 후배가 있었을 줄이야. 이건 전혀 못 들은 이야긴데."

"으……! 뭐, 선배하고는 별로 접점이 없었어서……."

"응? 그럼 어떻게 이 가게에 왔어? 설마 우연히 이 근처로 이사 온 거야? 아니지, 지금 '없었어서'라고 했지? 그럼 여태까지는 없었지만 지금은 다르다는 거네? ……아, 미안해! 또 나만 떠들었네."

"아, 아니에요……."

"근데 어쩔 수가 없어. 내가 좀 호기심이 많거든."

"네에……."

"거기다 이런 귀여운 여자애를 앞에 두고 어떻게 평상심을 유지해! 그게 이상한 거지! 하나부터 열까지, 모든 걸 알고 싶어지는 게 당연하다고!"

유아 씨는 흥분한 듯이 코로 숨을 거칠게 쉬며 얼굴을 바싹 갖다붙였다.

방금까지 어른스러운 언니처럼 보였다면, 지금은 눈을 초롱초롱 빛내는 아이 같았다.

"역시 모토무에게 안 맡기길 잘했어. 지금 여기에 있는 게 내가 아니라 모토무였다면 아카리를 덮쳤을지도."

"덮쳐……?! 아, 아니에요! 선배는 그런 짓 안 해요!"

"모르는 일이야. 남자라는 생물은 이놈도 저놈도…… 아, 하지만 모토무라면 의외로 성실하게 간호만 할지도. 은근히 어른인 척하고, 좋은 사람인 척하고, 고집도 세니까."

"그, 그렇게까지 말하지는 않았는데……."

그렇게 대답하면서도 나는 선배가 유아 씨의 말처럼 덮치거나 하는 일은 절대 없을 거라고 딱 잘라 말했다.

왜냐하면 같은 집, 같은 방에서 자도 그런 기색은 절대 안 보여 주니까.

……안 보여 준다니까 마치 내가 덮쳐 주길 바라는 것 같네. 아니, 사실은 그렇게 해 주면, 기쁠지도.

하지만 선배의 곁에는 이 사람이 있었다. 유아 씨와 비교하면 나 같은 건 완전히 어린애다. 절대로 나를 상대로 그런 모습은 보여 주지 않겠지.

"모토무 걘 꼬맹이일 때부터 그랬어. 좋은 사람인 척한다고나 할까. 예전에 모토무가 가지고 있던 장난감을 내가 실수로 망가트렸을 때도, 어른스럽게 감싸 주더라고. 자기도 울상인 주제에…… 하지만 그런 점이 얄밉기도 하고 귀엽기도 하고 그래."

"그, 그런가요……."

따스한 눈빛을 하고 이야기하는 유아 씨의 말을 들으며, 나는 아직 어린 선배가 필사적으로 눈물을 참는 모습을 상상했다.

분명 유아 씨의 말대로 귀여웠겠지.

나는 그런 선배를 모른다. 선배는 처음 만났을 때부터 쭉 다정하고, 믿음직스럽고, 멋지고…… 줄곧 내 우상이었으니까.

"유아 씨는 선배에 대해 정말 많이 아네요……."

"그야 당연하지. 사촌이니까."

"그렇구나, 사촌이구나……."

…………응?

"사촌?!"

"깜짝이야! 갑자기 소리를 지르고, 무슨 일이야?!"

"무슨 일이고 뭐고! 유아 씨랑 선배랑 사촌 사이예요?!"

"어, 으응. 말 안 했나?"

"안 했어요!"

그렇게 소리를 빽 지르다가 깨달았다.

그녀는 본인을 시라기 유아라고 소개했다. 그리고 선배의 이름은 시라기 모토무…… 둘 다 똑같은 시라기!!

"모토무의 아버지는 우리 파…… 아니, 아빠 동생이셔. 띠동갑까지는 아니더라도 나랑 모토무랑 꽤 나이 차이가 나서 나한테 모토무는 그냥 늦둥이 동생 같은 존재랄까? 모토무가 다니는 대학이 마침 우리 가게 근처라 우리 가게에서 알바를 하는 중이야."

"그런 거였군요……!"

나는 나도 모르게 강한 어조로 맞장구를 쳤다.

만약 더위를 먹어 몸이 처지지 않았다면 방방 뛰었을 거다.

유아 씨는 차분하고 어른스러운 분위기와 조금 엉뚱하지만 뛰어난 사교성을 동시에 가지고 있는 멋진 여성이다. 몸매도 정말 좋고.

하지만 유아 씨가 아무리 멋진 여성이라 해도 선배와는 혈연관계다.

즉 그렇고 그런 사이가 될 일은 없다는 뜻이다!

"다행이다……."

가슴에 맺힌 답답함이 한순간에 사라졌다. 컨디션도 갑자기 좋아진 기분이 든다!

나는 가슴을 쓸어내리며 안도의 한숨을 쉬었다. 무의식중에, 나도 모르게.

"뭐야~? 그 반응은 뭘까?"

"네?"

"으흥~ 나랑 모토무가 사촌지간인 게 그렇게 기뻐?"

"아, 아니 이건, 그……."

유아 씨는 새 장난감을 발견한 아이처럼 신난 표정으로 웃고 있었다.

'드, 들켰다……!!'

바로 그렇게 확신했다.

이래 봬도 나도 여고생이다. 다른 친구들처럼 연애 이야기에 관심이 많다.

그리고 자랑하는 것은 아니지만, 나는 쉽게 그런 이야기의 대상이 된다. 'ㅇㅇ이 아카리를 좋아한다나 봐'라거나, 반대로 'ㅇㅇ을 좋아한다던데 사실이야?'라는 이야기도 자주 들었고.

그래서 유아 씨의 눈에 떠오른 반짝이는 호기심이 그와 같은 종류의 것이며, 지금까지 나에게 쏟아진 그 어떤 시선보다 확신에 차 있다는 것을 선명하게 알 수 있었다.

하지만 상대는 선배의 가족이다. '네, 맞아요' 하고 바로 고개를 끄덕일 수가 없어서, 나는 쓸데없는 저항이라는 걸 알면서도 내뱉을 수 없는 비명을 속으로 삼키며 우물거렸다.

"이야…… 이렇게 귀여운 애가 모토무를! 혹시 이미 사귀고 있니?!"

"아, 아뇨! 절대 아니에요!"

"그래? 아직 사귀지는 않는구나. 분위기로 보아 하니 고백도 아직이겠네?"

"앗……!"

너무 단호하게 부인하다가 결과적으로 '선배를 좋아한다'고 인정한 꼴이 되고 말았다.

나는 불볕 아래 서 있었을 때보다 훨씬 얼굴이 뜨거워지는 것을 느꼈다.

"애, 말 좀 해 봐. 모토무의 어디가 좋았어?! 역시 얼굴이니? 내 동생이어서 하는 말일 수도 있지만 모토무 걔, 꽤 괜찮게 생겼잖아!"

"아니에요! 아니, 무, 물론 얼굴도…… 그, 그러기는 하지만."

"그래, 그래. 얼굴 때문만은 아니구나. 그럼 어디가 좋았던 거야? 우후후, 어서 이 언니에게 말해 보렴. 절대로 모토무에게는 말 안 할게. 혹시 모르잖아? 내가 도움이 될지 ♪"

"으으……."

유아 씨는 한층 더 즐거워 보이는 표정으로 씩 웃었다.

릿 쨩이 심은 불안의 씨앗은 열매를 맺지 못했지만 전혀 다른, 그러면서도 굉장히 위험한 꽃을 피워 냈다.

매우 아름답고, 조금만 잘못 다루면 맹독이 되는 이 꽃은 잠깐 쉴 틈도 주지 않고 나를 몰아붙인다.

벼랑 끝에 몰린 나는 달아나지도 못한 채 그저 들고 있던 페트병을 힘껏 움켜쥘 수밖에 없었다.

"감사합니다. 또 오세요."

마지막으로 나가는 여성 손님에게 고개를 숙여 인사한 뒤, 'CLOSED'라고 쓰인 간판을 꺼낸다.

여름이라 해가 길어서 아직 깜깜해지지 않았지만 이 카페 '무스비'는 저녁 장사를 하지 않고 문을 닫는다.

그래서 점심부터 일해도 그리 긴 시간 일하는 것은 아니지만, 오늘은 지금까지 중에 제일 길게 느껴졌다.

"모토무, 오늘 웃는 얼굴이 좀 어색했어."

"아…… 죄송합니다."

카운터에 서 있는 마스터의 지적에 나는 얼른 머리를 숙였다.

그런 나를 보며 마스터는 난감하다는 듯이 웃음을 지었다.

"그렇게 사과하지 않아도 돼. 가게 문 닫았으니 지금부터는 사장이 아니라 큰아빠야."

"네…… 그래도 죄송해요. 저도 오늘은 좀 아니었다고 생각해요."

"뭐, 그런 날도 있는 거지. 커피 내려 줄까?"

"아, 네. 감사합니다."

평소 같으면 얼른 청소하라 할 텐데 오늘은 그렇게 말하며 카운터 자리에 앉으라고 하는 마스터——에이지 큰아버지.

카페 마스터답게 고상하고 세련된 모습을 하고 있지만, 성격은 꽤 털털하고 속이 깊은 사람이다.

큰아버지가 내려 준 커피는 예술……이라고들 한다. 이렇게밖에 말할 수 없는 이유는 내 혀가 커피 맛의 차이를 즐기기에는 아직 어리기 때문이다.

"모토무는 설탕이나 우유 다 넣었지?"

"죄송해요."

"하하하, 늘 말하지만 사과할 일이 아니야. 커피를 즐기는 방법은 사람마다 다 다르니까. 자, 여기."

큰아버지는 그렇게 말하면서 유리컵에 담긴 아이스 카페오레를 내 앞에 놓아 줬다.

참고로 카페오레는 드립 커피에 따뜻한 우유를 섞은 것. 비율은 거의 1대1 정도다. 오레의 '레(lait)'는 프랑스어로 우유를 가리킨다고 한다.

이건 일단 카페 점원으로 일하고 있으니 외웠다. 커피 맛의 차이는 모르면서 어설프게 지식만 알면 헛똑똑이 같아서 한심해 보일 수 있지만, 아무것도 모르는 것보다는 훨씬 낫다.

그리고 큰아버지가 만들어 준 아이스 카페오레는 나를 위해 미리 설탕을 녹여 넣은 특별한 음료다.

우유와 설탕. 이 두 가지 덕분에 쓴맛이 많이 줄어들어, 어린애 입맛인 나도 충분히 즐길 수 있다. 응, 달콤하고 맛있어.

"그나저나 아까는 깜짝 놀랐다. 그 애 모토무가 아는 애지?"

"네. 아카리라고 하는데, 그⋯⋯."

친구의 동생, 이라는 말은 해도 상관없지만, 우리 집에서 지내고 있다는 말은 하면 큰일 날 것 같은 느낌이 들었다.

괜한 걱정을 끼친다고 할까, 아니, 자칫 잘못하면 가족회의가 열릴지도⋯⋯?

"음, 뭐라고 할까⋯⋯."

잘 둘러댈 말 어디 없나 하고 머리를 굴리지만 좋은 변명이 떠오르지 않았다.

그보다도 지금은, 아니 사실 아까부터 내내 아카리가 걱정이 되어서 그런 걸 생각할 겨를이 없었다.

아카리는 땀도 많이 흘려서 닦아 줄 필요가 있었지만, 이런 건 여자가 하는 게 낫다는 유아 누나의 말에 아카리를 유아 누나에게 맡길 수밖에 없었다.

자리를 비운 유아 누나를 대신해서 그녀의 몫까지 일하면서도, 그저 아카리가 괜찮은지, 왜 이런 곳에 있었는지에 온 신경이 쏠려서⋯⋯ 눈에 보이는 큰 실수는 하지 않았지만, 자잘한 부분에서는 실수를 했을 것이다.

아카리가 더위를 먹은 건 아마도 꽤 오랜 시간, 햇빛 아래에서 아스팔트의 반사열을 받으며 걸었기 때문일 거다.

어쩌면 내가 어디 있는지 찾아다녔을 수도 있다. 집에 혼자 남겨져서 불안했을지도.

생각해 보면 남의 집에 혼자 남겨지는 것도 그리 흔치 않은 상황이다. 편히 쉬고 있으라 해도 그럴 수 있을 리가 없다.

그리고 이 동네에서도 그녀는 외톨이다. 오빠인 스바루는 사이판——이 아니라 면허 합숙에 가서 없고, 원래 사는 지역도 쉽게 갈 수 있는 거리가 아니다.

친근한 미소를 지으며 나에게 의지했던 그녀를 만약 내가 무신경하게 벼랑 끝으로 몰아세운 거라면…… 후회라는 말로는 한참 부족했다.

"혹시 모토무의 소중한 사람이냐?"

큰아버지는 다정한 눈으로 이쪽을 보며 그렇게 물었다.

'소중한 사람'이라는 표현은 어쩐지 연인을 가리키는 말 같아서 반사적으로 고개를 저을 뻔했다.

하지만 부정하면 아카리는 '소중한 사람이 아니다'라는 말이 된다.

이건 더 끔찍한 거짓말이다. 그녀가 소중하지 않을 리가 없다.

친구가 나를 믿고 맡긴 아이다——하지만 그 이상으로 그녀가 나를 신뢰하고 있다면 나 역시 그 마음에 응하고 싶다.

그래서 나는 큰아버지의 물음에 고개를 끄덕였다.

"그런데 큰아버지."

그리고 그런 의미가 아니라고 덧붙이려 했는데——

"그래, 그렇구나! 이야, 젊음이 좋구만!"

"아니, 그——"

"그 아이라면 괜찮을 거다. 다른 사람도 아니고 유아가 돌보고 있으니까 말이다. 유아 취미가 여행이잖냐? 일사병 같은 건 병도 아닐 거다."

"아, 뭐, 그건 그런데——"

"그건 그렇고 모토무가 벌써 그런 나이가 되었나…… 왠지 감회가 깊어지는군. 큰아빠도 젊어서 유코를 만난 때가 떠오르네."

"아니, 저기 큰아버지, 제 얘기 좀——"

"그래, 그건 벌써 몇십 년 전…… 아직 두 사람이 고등학생일 때."

이 사람, 전혀 안 듣고 있어!

큰아버지는 완전히 자기만의 세계에 빠져서 아내——유코 큰어머니와 어떻게 만났는지를 이야기하기 시작했다.

덧붙이자면 이 이야기는 4월부터 아르바이트를 시작한 이후로 벌써 5번째 듣는다.

내 부모님도 어떻게 만났는지 모르는데 왜 내가 큰아버지 부부의 러브 스토리를 몇 번이나 들어야 하는 거지?!

부모님이 처음 만난 이야기도 딱히 듣고 싶은 건 아니지만!

그나저나 이야기를 시작한 이상 큰아버지는 멈추지 않는다. 정말 혀를 내두를 정도로 절대 멈추지 않는다.

멈출 수 있다면 5번이나 들을 이유가 없겠지.

"어쩔 수 없지…… 이렇게 된 이상 끝날 때까지 기다렸다가 그 뒤에 오해를──"

"못또~뭉!"

"으악!"

딸랑, 하고 영업이 끝난 카페 문이 열리더니, 유아 누나가 들어온다. 아카리의 손을 꽉 잡은 채.

"기다렸지~! 모토뭉의 귀엽디귀여운 아카리가 드디어 완벽하게 부활했습니다!"

"아…… 그, 그래? 다행이다…… 응…….."

"뭐야, 그 미지근한 반응은."

유아 누나가 의아한 듯이 얼굴을 찌푸렸다.

그 뒤에 있는 아카리는 푹 쉬고 회복했는지 이번에는 똑바로 잘 서 있었다. 안색도…… 어? 창백하지는 않지만 살짝 불그레했다. 혹시 열이 나나……? 아니면 유아 누나가 뭔가 창피해할 만한 짓을 했나?

"잠깐만, 유아 누나. 아카리에게 이상한 짓 하지 않았겠지?"

"나를 뭘로 보고. 할 리가 없잖아. 그치, 아카리?"

"아, 하하…… 맞아요…….."

아카리는 난감한 듯이 어색한 웃음을 짓다가 나와 눈이 마주치자 휙 고개를 돌려 버렸다. 뭐지? 왜?

"이상한 건 내가 아니라 너야! 모토무, 아카리가 부활했다는데 어쩜 포옹 한 번을 안 해 주니?"

"포옹?!"

갑작스러운 단어에 반사적으로 복창하는 나.

당연히 아카리도 눈을 동그랗게 뜨고 굳어졌다.

"지금 무슨 말을 하는 거야, 유아 누나……."

"내가 이상한 말 했어? 가까이 와서 안아 주고, 얼굴을 어루만져 주고 그대로 키스! 외국 영화의 상식이잖아!"

"여기가 영화 속이야? 스크린 밖이거든요?"

"뭘 당연한 소리를 하고 있어. 그냥 그런 식으로 무사해서 다행이라고 기뻐해 주면 좋지 않냐는 이야기잖아. 모토무 너, T야? 아카리, 너도 화나지?"

"네? 아, 아뇨, 그 전혀 화 안 나는데요……."

느닷없이 자신에게 질문이 돌아오자 아카리는 몹시 당황한 모습을 보였다.

아무래도 두 사람이 꽤 가까워진 모양이다――아니지, 유아 누나가 넉살이 좋으니까 다짜고짜 친구하자고 했을 수도 있으려나. 그런 거 잘하니까.

"아카리, 너무 모토무를 봐주지 마. 그러다 버릇없어진다?"

"애한테 이상한 말 하지 마."

친구 하자 그랬든 아니든, 생각 없이 이 말 저 말 다하는 유아 누나 옆에 아카리를 두는 게 불안하다.

나는 그녀로부터 멀리 떨어트리기 위해 아카리의 어깨를 잡고 내 쪽으로 끌어당겼다.

"아……."

"아카리, 괜찮아? 저 인간한테 이상한 짓 안 당했어?"

"저기요, 다 들리거든요?"

유아 누나의 불평은 무시하고 아카리의 눈을 바라보았다. 그녀는 여전히 살짝 얼굴을 붉히며 고개를 끄덕였다.

"근데 모토무, 청소도 안 하고 대체 뭐 하고 있던 거야?"

"……저기."

나는 아직도 혼자 황홀한 표정으로 큰어머니와 처음 만난 날 이야기를 하고 있는 큰아버지를 가리켰다.

"아씨, 또……."

바로 상황을 이해한 유아 누나가 또 시작이라는 듯 짜증 섞인 목소리를 냈다.

유아 누나는 큰아버지의 이야기에 대한 혐오감이 장난이 아니다.

그도 그럴 것이, 그녀에게는 부모님 이야기다. 자식인 본인이 듣는 것도 기분이 별로인데, 동네방네 다 퍼트리니 더 싫을 수밖에.

"모토무, 옷 안 갈아입어도 되니까 그대로 돌아가. 뒷정리도 내가 할게."

화를 꾹꾹 누르는 듯한 고저 없는 말투로 그렇게 말하더니 계산대 아래 둔 내 가방을 던졌다. 아까까지는 180도 다른 모습이다.

"아카리 잘 데리고 돌아가. 일단 회복이 됐다고 해도 아직 지쳐 있을 테니 어부바라도 해 줘. 어차피 목적지가 같잖아."

"어……?! 어떻게 그걸……."

우리 집에서 아카리가 지내고 있다는 걸 명백히 아는 말투였다.

반사적으로 아카리를 보자, 그녀는 어색하게 시선을 돌렸다.

아, 그렇게 된 거구나. 유아 누나가 그 사실을 알 방법은 하나뿐
——아카리가 말한 거겠지. 아니지, 지금 이 반응으로 보아 하니
자백을 당했다고 해야 할까.

……이거 큰아버지한테 감사해야겠네. 유아 누나의 온 신경이
큰아버지에게 향하지 않았으면 또 엄청 놀림받았을 테니.

상황을 알고 나니 더는 이곳에 있을 수 없었다.

"……그럼, 들어가 볼게요. 수고하셨습니다. 가자, 아카리."

"앗, 네!"

괜히 버티고 있다가 더 귀찮아질 수도 있었기에, 나는 서둘러
인사만 남기고서 아카리의 손을 잡고 그대로 가게를 빠져나왔다.

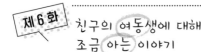

간판을 내놓을 때까지만 해도 아직 해가 남아 있었는데, 다시 나오니 주위는 완전히 어둠으로 뒤덮여 있었다.

가로등이 비추는 길을 따라 나는 아카리의 손을 잡고 걸었다.

카페에서 그리 멀지 않은 거리였지만, 그동안 우리는 어색한 기류에 휩싸인 채 서로 아무 말도 하지 않았다.

"아카리, 혹시 유아 누나가 말한 대로 아직 힘들어……?"

"그게……."

아카리는 조금 당황한 듯이 힐끔힐끔 보다가 마주 잡은 손에 살짝 힘을 주며——조심스럽게 고개를 끄덕였다.

참 그녀다운 소심한 대답이다. 그렇게 생각하며 나는 미소를 지었다.

"그럼 공주님이 되는 게 싫지 않으시다면 집까지 제가 말이 되어 드리죠."

"네에?!"

"아, 미안. 어부바라고 하면 애 취급하는 것처럼 들릴 것 같아서."

"그, 그럴 수도 있겠지만, 공주님이라 하는 게 좀 더 애 취급하는 것 같아요!"

"네 말이 맞아…… 나도 말하다가 깨달았어. 뭐, 어쨌든……
자."

아카리의 손을 놓고 앞으로 나와 무릎을 꿇었다.

그녀는 조금 긴장한 듯이 천천히 내 어깨를 짚더니, 그대로 목
에 팔을 감았다.

'윽……?!'

등에 묵직하게 한 사람분의 체중이 실려 온다.

아카리는 날씬하고 가벼웠지만 깃털처럼은 아니었다. 뒤이어
남자에게는 없는 부드러움과 온기가 느껴졌다…… 아니, 생각하
지 말자, 생각하지 말자.

"무겁지, 않아요……?"

"아, 아니? 전혀."

무겁지는 않지만 등에 사정없이 눌리는 부드러운 감촉이 난감
하다.

하지만 그런 걸 신경 쓰고 있다는 걸 들키면 아카리의 신뢰를
잃겠지.

그래서 나는 애써 평온을 가장하며 여유가 있는 척 대답을 했
다. 아니, 하려고 했다. 목소리가 떨리고 말았지만.

그건 그렇고, 왜 이렇게 팔에 힘을 주고 꽉 끌어안고 있는 거지
……?

"죄송해요, 선배."

"응?"

"허락도 없이 일하는 곳에 찾아가서. 어느 모로 봐도 민폐네

요……."

"그렇지 않아. 오늘은 유아 누나가 없어도 할 만했고, 누나도 즐거워 보였고…… 오히려 유아 누나한테 뭔 일 안 당했어?"

"아, 뭐…… 잠깐 이야기했을 뿐이에요."

아카리는 그렇게 말하며 어색한 미소를 띠었다. 아무 일도 없었던 건 아닌 것 같지만, 말하기 어려운 내용일지도 모르니 묻기가 꺼려졌다.

"들었을지도 모르지만 저 카페를 경영하고 있는 분이 내 큰아버지시고 유아 누나는 내 사촌 누나야."

"아, 네. 들었어요."

"유아 누나는 카페 일을 돕고 있는데, 그러다 돈이 모이면 촬영하러 여행을 훌쩍 떠나는 자유로운 영혼이야."

"촬영 여행이요?"

"사진이 취미야. 아마 분명 섬세함도 어느 나라에 떨어트리고 왔을 거야. 나도 엄청 놀려 대서……."

"……선배, 유아 씨랑 엄청 사이가 좋네요."

"응?"

어쩐지 토라진 듯한 말투에 나도 모르게 그녀 쪽으로 고개를 돌렸다.

"윽!"

"아……!"

눈과 눈이 딱 마주친다. 그것도 코끝이 닿을 만큼 가까운 거리에서.

아카리의 눈동자에 내 모습이 비춘다. 틀림없이 그녀도…….

"미안해!"

"아니에요, 저야말로 죄송해요!"

동시에 얼굴을 홱 돌렸다. 시선이 교차한 것은 순간이었지만, 하지만 어째서인지 아주 길게 느껴졌다.

등에 두근두근 하고 아카리의 심장이 뛰는 고동이 전해졌다. 긴장해서인지 아카리가 팔에 힘을 꽉 주는 바람에 더욱 선명하게.

어쩌면 나도 얼굴이 빨개졌을지도 모른다. 만약 그렇다면, 아무리 밤길이라 해도 아카리에게는 들켜 버릴 것이다.

"흠흠, 어, 나랑 유아 누나가 사이가 좋다고? 왜 그렇게 생각해?"

"그건…… 선배가 유아 씨한테는 엄청 신랄한 말을 하니까요."

"신랄하게 말을 하면 사이가 좋은 게 되는 거야……?"

"오빠한테도 그러잖아요. 거침없다고나 할까, 굉장히 자유롭고, 있는 그대로의 선배라는 느낌이에요."

확실히 유아 누나나 스바루를 상대할 때는 딱히 조심하거나 하지 않았을 수도 있다. 서로를 잘 안다고나 할까, 이제 와서 조심하는 것도 웃기고.

"저한테는 다정하고 말도 부드럽게 해 주시고…… 굉장히 배려해 주시고, 이렇게 힘든 모습 보이면 업어 주기도 하고."

아카리는 점점 침울해진 듯 목소리가 작아졌다.

동시에 자신감을 잃은 것처럼 팔에 힘도 풀려 갔다.

"선배는 있어도 된다고 했지만 사실은 불편하게 생각하고 계신 건 아닌지…… 어쩌면 일하는 곳에도 정말 친한 사람이 있는데 제가 방해를 하고 있는 건 아닌지……."

그리고 말 끝부분에 가서는 거의 울먹였다.

"그래서, 보러 온 거야?"

아카리의 몸이 흠칫 떨린다. 하지만 그런 반응만 있을 뿐 대답은 없었다.

그게 전부는 아닐 수도 있다. 하지만 나에게 떳떳하지 못하다는 마음 때문에 한계 직전까지 가게 안에 들어오지 못하고, 어쩌면 그 불볕더위 속에서 창으로 지켜보게 했다면.

"미안해, 아카리."

"선배……?"

"사과해야 할 게 좀 많네. 일단은 이렇게 등을 돌리고서 사과한 것부더."

사실은 아카리와 얼굴을 마주 보고 이야기하고 싶지만, 그녀도 우는 얼굴을 들키고 싶지는 않을 것이다.

서로 마주 보지는 않지만, 그래도 이렇게 서로의 체온을 느낄 수 있을 만큼 가까이 있고——그렇기에 할 수 있는 이야기도 있다고 생각한다.

"그리고 오해를 하게 한 것. 내가 많이 부족해서 아카리를 힘들게 만들었네."

"아녜요. 선배는 잘못하지 않……."

"아니 내가 잘못한 거야. 왜냐면 나는 아카리를 정말 좋아하니까."

놀란 그녀가 숨을 흡 들이켰다.

좋아한다. 그 말은 실제로 내뱉기에는 묘하게 부끄러웠다.

그렇지만 소리 내어 말하고 나니 자연스럽게 받아들여졌다. 애당초 누가 좋아하지도 않는 사람과 한 지붕 아래에서 살고 싶어

할까.

상대방이 다짜고짜 밀고 들어와 시작된 동거──고작 며칠밖에 되지 않았지만, 혼자 살면서 도저히 경험할 수 없는 충실한 시간이었다.

"좋아한다고 해도 나는 아직 아카리에 대해 아는 게 없어. 오늘도 그걸 뼈저리게 느꼈지. 내가 정말 아무 생각이 없다는 것을 말이야."

"선배…….."

"조금 옛날이야기를 해도 될까? 내가 초등학생 때의 이야기야."

"선배가, 초등학생 때…….."

"응, 기억상 고학년이고, 여름인데…… 사실 이제는 좀 흐릿해."

옛날이야기를 한다고 한 것치고 기억나는 것은 그리 많지 않다.

그건 내가 초등학생을 대상으로 한 여름캠프에 참가했을 때의 일이다.

나에게 여름캠프는 노는 장소가 달라졌다 뿐 평소 노는 것과 다르지 않다는 인식이었다. 초등학교 친구들도 많이 참여할 예정이었고, 별로 신선함도 없었고, 나름대로 기대는 하지만 깜짝 놀랄일이 일어날 거라는 기대감은 없었던 것 같다.

그렇지만 그날. 여름캠프 당일──나는 한 소녀를 만났다.

처음 본 아이라서 바로 다른 학교 애라는 것을 알았다. 버스에 홀로 덩그러니 앉아 어딘가 불안한 듯이 고개를 푹 숙이고 있었다.

"어떻게든 해야 한다고 생각했어."

"어떻게든요……?"

"응, 막연히. 고작 1박 2일 여름캠프지만 이대로 내버려두면 저 아이에게는 이 이틀이 끔찍한 추억이 될 거야, 하고. 그래서 용기를 내 말을 걸었어."

"용기……."

"별로 낯을 가리는 성격도 아닌데 말이야. 그렇지만 그 버스에 탈 때까지 나는 항상 함께 다니는 친구들과 언제나처럼 놀았어서 만난 적 없는 누군가와 친해진다는 건 전혀 상상하지도 못했어."

항상 함께 있는 친구들은 잘 알고 있었다.

어떤 이야기 주제를 좋아하는지, 어떤 놀이를 좋아하는지.

어떤 말을 하면 화내는지, 잘 못하는 건 뭔지.

좋아하는 음식. 좋아하는 색깔. 좋아하는 방송 프로그램.

그렇지만 버스에 혼자 앉아 있는 여자애에 대해서는 아무것도 몰랐다.

나는 남자고 쟤는 여자라서 어쩌면 내가 무슨 말을 해도 쟤한테 안 먹힐지도 몰라.

——어떻게 말을 걸면 좋을까. 어떻게 하면 친해질 수 있을까.

아무리 생각해도 답이 나오지 않는 질문을 몇 번이나 반복해서 스스로에게 던졌다.

생각하면 생각할수록 불안해졌다. 안 좋은 상상만 떠올랐다.

"그때는 나도 아직 꼬맹이라서. 뭐, 초등학생이니 어쩔 수 없었지만. 한참을 고민한 끝에 결국 아무런 대책 없이 돌진했던 거 같아."

"무섭지 않았어요? 안 좋은 상상도 했다면서요……."

"무서웠지. 하지만 마음을 굳게 다잡았어. 지금처럼 세상물정을 잘 알 때가 아니었으니…… 게다가 갈 수밖에 없다고 생각했거든."

"왜 그렇게 생각하셨어요……?"

"왜냐면 나는 그 애가 혼자 있는 것을 봐 버렸으니까. 그 애를 못 본 체하고 친구들과 놀아도 그 애가 계속 생각나겠지."

그렇게 되면 더는 평소처럼 행동할 수 없을 거였다.

그러니까 아무리 꼴사납게 나뒹굴어도 부딪치러 가는 것 외에는 나에게 선택지가 없었다.

"뭐, 부딪쳐 보니 그 아이는 정말 좋은 아이였고, 금방 친구가 될 수 있었어. 우연히 반도 같은 반이었고."

그 당시 접수처에서 받은 리스트밴드 색깔대로 조가 배정되었는데, 우연히 그녀의 리스트밴드가 내 것과 같은 색깔인 것을 발견했기에 바로 달려갈 수 있었던 것이다.

만약 그게 없었다면 완전히 대책이 없는 상태로…… 정말로 큰 도움이 되었다.

"결국 그 아이와는 그 여름캠프에서 만난 게 처음이자 마지막이었어. 핸드폰도 없던 시절이라 두 번 다시 만나지 못했고 이름도 이젠 기억나지 않지만…… 그래도 늘 하던 대로 하는 것보다 훨씬 즐거웠던 것은 기억해."

아카리의 입장에서 보면 갑자기 이런 이야기를 왜 하는지 모를 것이다.

하지만 그녀는 진지하게 이야기를 들어 주었다. 그 진지함이 그 저 기쁘다.

"미지의 무언가를 하는 건 정말 용기가 필요하고 무서운 일이 야. 아카리가 우리 집에 왔을 때도 '왜?' 하고 솔직히 두려웠고."

"아하하…… 그렇죠."

"하지만 그 '두려움'은 금방 사라졌어. 아카리에 대해 알면 알수 록 좋은 애라고 생각했고, 스바루가 그렇게 자랑하는 것도 납득이 갔어. 아카리가 만들어 준 요리는 전부 맛있었고, 아무렇지 않게 대화하는 것도 즐거웠고…… 뭐, 물론 빚의 담보니 뭐니 하는 건 여전히 잘 모르겠고, 아카리에 대해서도 모르는 게 많아."

분명 앞으로 며칠을 더 같이 지내다 보면 오늘처럼 알 수 없는 일이 또 생길 것이다.

그때마다 실패하고 후회하고 아카리를 슬프게 만들지도 모른 다. 그런 일이 절대로 없을 거라고는 아무도 장담할 수 없다.

"하지만 지금은 그냥 즐거워. 아카리를 알아 가는 것이. 함께 지 내는 것이. 정말 기대돼."

"선배……."

"물론, 함께 시간을 보내면서 아카리도 나에 대해 알아 갔으면 좋겠어. 내 스스로 내가 재밌는 사람이라고 자신 있게 말할 수는 없지만."

"서, 선배는 멋진 사람이에요!"

"아하하, 그렇게 다이렉트로 들으니 쑥스럽네."

습관적으로 볼을 긁적이고 싶어졌지만 아카리를 업고 있는 상 태에서는 할 수가 없으니 쑥스러움을 감추려고 더 웃었다.

"오늘 내 실패는 제대로 아르바이트 장소를 알려 주지 않고 아카리를 혼자 집에 둬서 불안하게 만든 것. 그리고 아카리의 실패는 궁금한데 눈치 보느라 묻지 않은 것. 일사병 대책을 철저히 세우지 않은 채 장시간 밖에 있던 것…… 이 정도일까?"

"아…… 죄송해요."

"이제 그만. 이미 서로에게 실컷 사과했으니까 그만해도 돼. 미안하다는 말은 하면 할수록 의미가 없어지는 법이고…… 게다가 서로 실패를 했으니까 이런 이야기를 할 수 있는 거 아니겠어?"

나는 그렇게 말하며 웃었다. 일부러 들여다보지 않으면 내 표정은 보이지 않겠지만, 그래도 분명 전해졌을 것이다.

"아카리의 말대로 나는 스바루나 유아 누나를 더 편하게 대하고 있을지도 몰라. 하지만 스바루를 대하는 태도랑 유아 누나를 대하는 태도가 완전히 똑같지는 않아. 아카리를 대하는 것도 그래. 만약 아카리가——언제까지인지는 모르지만, 앞으로도 함께 있어 준다면 분명 실패를 여러 번 반복하면서 조금씩 아카리에 대해 알아 가고, '아카리와 있을 때'의 내가 완성되어 갈 거라 생각해."

"나와 있을 때의 선배……."

아카리는 내 어깨에 얼굴을 묻으며 중얼거린다.

내 목에 둘러진 그녀의 손이 작게 떨린다——숨 쉬는 걸로 알 수 있었다. 아카리는 지금 울고 있다.

나는 아무 말도 하지 않고 그녀가 이대로 감정을 쏟아 낼 수 있도록 천천히 걸었다.

"……선배."

"왜?"

"저는 선배가 말을 건 외톨이 여자애가 틀림없이 선배에게 고마워했을 거라 생각해요."

"응?"

아카리 본인 이야기가 나올 줄 알았는데 내 옛날이야기의 감상을 말한다.

그것에 살짝 놀라면서도——그래도 아카리가 하고 싶은 말이 무엇인지 왠지 알 것 같았다.

"그렇다면 좋겠네. 왜냐면 나야말로 그녀에게 굉장히 고마워하고 있으니까."

그날 그 아이를 만나지 못했다면. 용기 내서 말을 걸지 않았다면.

그런 것을 생각해도 의미는 없지만, 그래도 그날이 있었기 때문에 지금 아카리에 대해 조금 알게 되었고, 또 나에 대해 알리게 된 건 분명하다.

"저, 선배에 대해 좀 더 알고 싶어요. 선배도 저에 대해 알아 줬으면 좋겠고요. 조금씩이라도…… 언젠가 제가 선배에게 숨기고 있는 것들까지 다."

"나도 그래."

악의를 가지고 숨기고 있는 것은 나도 없고 아카리도 없을 것이다. 있다고 해도 '왜 500엔밖에 안 되는 빚의 담보로 그녀가 온 것일까' 하는 이야기 정도일까.

솔직히 궁금하지 않다면 거짓말이지만, 그래도 지금은 억지로 듣고 싶은 생각은 없다.

굳이 자리를 마련하고서 허심탄회하게 이야기할 필요는 없다. 조금씩, 한 걸음씩, 서로를 이해해 나가는 편이 훨씬 더 즐겁고 설렐 것이다.

"다행이에요. 선배는 역시 선배구나 싶어서. 제가——"

"제가?"

"후훗…… 비밀이에요!"

아카리는 내 몸을 꼭 안고서 자신의 몸을 밀착시키며 명랑하게 웃었다.

분명 매력적인, 그녀만의 웃는 얼굴을 하고 있겠지?

그런 그녀의 얼굴을 보고 싶은 충동이 일긴 하지만…… 오늘은 포기하자.

서두르지 않아도 조금씩, 그녀에 대해 알아 가면 되니까.

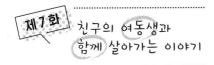

다음 날. 카페 '무스비'.

"안녕하세요!"

"어서 와, 아카리! 와 오늘도 귀엽네! 저기, 볼 부비부비 해도 돼?"

"유아 누나, 손님에게 과도한 스킨십을 강요하지 마세요."

진짜로 아카리에게 달려들 것 같은 유아 누나의 어깨를 잡아 멈췄다.

나잇값도 못 하고 투덜대고 있었지만 무시한다. 오늘은 약속한 게 먼저니까.

"어서 오세요. 한 분이신가요?"

"네!"

"알겠습니다. 그럼 이쪽으로 오세요."

2시 지나 손님이 없는 타이밍에 맞춰 방문한 아카리를 자리까지 완벽하게 에스코트한다.

그녀의 요구에 맞춰, 평소에도 하지 않을 만큼 정중하고, 신사적으로…… 어쩐지 낯간지럽지만.

어제 집에 돌아간 뒤, 내가 아르바이트에 가야 할 때는 어떻게 할지 아카리와 진지하게 이야기를 나눴다.

처음에는 아카리도 아르바이트를 한다고 했지만, 이곳은 세 명으로도 차고 넘쳤다. 더 고용하는 것은 가게의 수명을 쓸데없이 줄일 수 있다.

그렇다고 '집에서 기다려'라고 하면 지금까지 한 이야기가 모두 허사가 되고 만다.

그래서 대안으로 제시한 것이 바로 이것——내가 일하러 가는 날 집에 혼자 있고 싶지 않다면 점심시간이 끝나는 2시쯤에 '손님'으로 방문하는 것이었다.

기본적으로 나는 일주일에 3, 4일 카페에 나가고 개점하는 오전 10시부터 폐점 시간인 오후 7시까지 일을 한다.

그녀가 그때마다 와서 죽치고 있을 것도 아닐뿐더러 그녀가 마신 음료 값은 내 알바비에서 차감하기로 했기에 가게 측에도 폐는 되지 않을 것이다.

음료 값을 내 알바비로 낸다는 문제로 나와 아카리가 꽤 실랑이를 벌였지만, 최종적으로는 일말의 자비 없은 가위바위보 승부로 정했다. 당연히 이긴 것은 나였다.

아카리는 점심시간이 끝날 때까지 집에서 집안일을 해 주고 있으니까 내가 내는 것이 당연하다.

두 눈을 반짝이며 들떠서 자리에 앉은 아카리에게 고개를 숙여 인사한 뒤, 카운터로 향했다.

"마스터, 어제 말한 대로 부탁드립니다."

"……(끄덕)."

근엄한 표정으로 고개를 끄덕이는 큰아버지는 완전히 마스터 모드에 들어갔다.

아카리가 가게에 오는 것에 대해 당연히 큰아버지와 유아 누나, 그리고 평소에 바쁘게 직장 생활을 하는 큰어머니에게 동의를 구했다.

어제 아카리가 유아 누나에게 '같이 살고 있다'고 말한 것이 큰 도움이 되었다.

대체 유아 누나가 어떻게 각색을 해서 큰아버지 내외에게 아카리가 우리 집에 지내는 것을 이해시켰는지는 모르겠지만, 아무튼 집에 혼자 두는 것보다 훨씬 낫다는 결론으로 마무리가 되었다.

그리고 보리차에도 설탕을 넣을 정도로 단것을 좋아하는 아카리의 기호도 이미 공유 완료.

마스터는 평소에 내 전용으로 만들어 주는 카페오레보다 더 달달한, 아카리 전용 카페오레를 만들어 주었다.

"잠깐, 이 위에 올린 생크림은 뭡니까……?"

"……(척)."

노골적인 특별대우를 바로 지적을 하자, 마스터는 진지한 표정을 유지한 채 엄지손가락을 치켜세웠다.

와…… 벌써 푹 빠졌다고? 미소녀 위력 미쳤네.

조금 기가 막혔지만, 안 좋게 보지 않고 오히려 환영해 주고 있으니 나쁜 일은 아니었다.

나는 트레이에 아카리 전용 카페오레를 올려놓고 그녀가 앉아 있는 곳까지 갔다.

"오래 기다리셨습니다. 아이스 카페오레입니다."

"와…… 크림이 있어요!"

엄청 좋아한다!

나는 반사적으로 마스터 쪽을 돌아보며 엄지를 들었다.

마스터는 근엄한 표정을 풀며 같은 제스처로 대답했다.

저쪽은 이미 젊은 애한테 관대한 아저씨로 완전히 변해 버렸다.

"잘 먹겠습니다!"

눈을 반짝이며 빨대로 생크림 한쪽을 무너트리면서 전용 카페
오레를 마시는 아카리.

"와, 정말 맛있어요! 굉장히 달콤하고 부드럽고!"

극찬하는 말에 카페 카운터 쪽에서 딱 하고 손가락 튕기는 소리
가 들렸다. 큰아버지 제발…….

"손님께서는 달콤한 것을 좋아하신다고요?"

"네! 완전 좋아해요."

"그렇다면 이것도 서비스입니다!"

내내 조용했던 유아 누나가 갑자기 끼어들었다.

그런 그녀가 테이블에 내려놓은 것은 폭신폭신한 시폰케이크.

"후후후, 유아 특제 갓 구운 시폰케이크야! 보통은 미리 만들어
놓지만, 오늘은 특별히 다 구워지는 시간이 딱 지금이 되도록 준
비했지!"

"유아 누나가 웬일로 평소답지 않게 조용히 있나 싶었더니……."

"당연히 아카리를 위해 준비하고 있었지! 자자, 먹어 봐."

"하지만…… 진짜 먹어도 될까요?"

"물론이지!"

엄지를 척 들고 기분 좋은 미소를 띠는 유아 누나.

이젠 뭐든 상관없어. 아카리가 기뻐한다면.

"그, 그럼 잘 먹겠습니다……! 하압…… 음~!!"

시폰케이크를 포크로 정성스럽게 자르고 한 입 베어 문 아카리는 굉장히 기쁜 듯이 몸을 떨었다.

"지인짜로 달콤하고, 지이이인짜로 맛있어요!!"

"아……."

아카리의 반짝이는 눈빛을 정면으로 받은 유아 누나는, 무언가가 끊어진 듯이 힘없이 그 자리에 쓰러졌다.

"나, 이날을 위해 태어난 거야……."

"유아 누나, 지저분해."

"아, 모토무! 찬물 끼얹지 마! 당연히 갈아입고 올 거야!"

감동한 나머지 유아 누나는 유니폼을 더럽힌다는 금기를 범해 버렸지만, 옷을 갈아입기 위해 퇴장하는 뒷모습은 참으로 행복해 보였다.

심지어 걸어가면서 가볍게 스텝도 밟고 있었다.

"미안해, 아카리. 어제 기껏 내가 응대해 줬으면 좋겠다고 말했는데 뭔가 분위기가 이상하게 돌아가네."

"아니에요! 저 정말 너무 행복해요! 카페오레도 케이크도 정말 맛있고!"

"그럼 다행이고."

"선배가 응대해 주셔서 이렇게 행복한 기분을 느낄 수 있는 것 같아요. 정말, 그, 꿈결 같다고나 할까요……."

"아카리는 치켜세우는 거 진짜 잘하네."

솔직히 이번엔 내가 뭐가 도움이 되었는지 잘 모르겠다. 그저 그녀를 자리에 안내하고, 카페오레를 가져다줬을 뿐.

중요한 역할은 큰아버지와 사촌 누나에게 뺏긴 느낌을 부정할 수 없지만…… 뭐, 그건 그것대로 괜찮다. 아카리가 기뻐해 주는 것이 제일 중요하니까.

"이제 공부도 열심히 할 수 있을 거 같아요."

"응 무슨 일 있으면 불러."

지금부터 문 닫을 때까지 아카리는 수험생의 본분인 수험 공부에 전념할 거라고 한다.

집안일로 맡기는 내가 말하는 것도 좀 그렇지만, 공부할 시간을 확보할 수 있게 된 것은 정말 다행이었다. 한시름 놓았다.

지금은 성적이 좋지만 여름 방학이 끝나고 성적이 확 떨어지면 정말 큰일이니까…….

"아, 선배. 이 시폰케이크 값은 어떻게 되나요?"

"아…… 뭐, 내가 낼게."

"하지만."

"하지만은 무슨. 가위바위보로 정했잖아. 게다가 카페오레만 먹으라고 따로 규칙을 정해 놓은 것도 아니니까."

특제라고 했으니 메뉴판에 있는 가격대로 안 받을 것 같긴 한데…… 뭐, 괜찮겠지.

"뭐, 여기서 먹은 모든 음식 값을 스바루한테 달아 두면 재밌을지도. 카페오레라거나 케이크라거나. 아카리가 이 가게에 올 때마다 그 녀석의 빚이 계속 쌓이는 거야……키킥, 반응이 볼만하겠는

걸?"

"후훗, 만일 그렇게 된다면 선배랑 더 있을 수 있겠네요!"

아카리는 그렇게 내 농담에 맞춰 주면서 매우 기쁜 듯이 만면에 미소를 지었다.

그건 계속 바라보고 싶을 정도로 매력적인 미소였다——하지만 진짜로 계속 넋 놓고 볼 수는 없었다.

"그럼 나는 슬슬 일하러 가 볼게."

"네, 선배. 감사합니다!"

들고 있던 포크를 놓고 무릎에 두 손을 모아 공손하게 인사하는 모습이 그녀답다.

"저, 선배."

"왜?"

"음, 그러니까…… 그…… 힘내세요!"

"응. 고마워, 아카리."

아카리는 사과처럼 뺨을 빨갛게 물들이며 쑥스러워했다.

다시 포크를 들어 유아 누나 특제 시폰케이크를 입으로 옮기는 아카리의 모습을 지켜본 뒤, 나도 점원으로서 부끄러운 모습은 보일 수 없다고 생각하며 기합을 넣고 다시 일하기 시작했다.

"다 됐습니다~!"

"오……!"

그날 저녁, 아카리가 저녁으로 만들어 준 것은 오므라이스였다.

당연히 치킨라이스부터 손수 만든 것으로, 위에 올려진 계란도 몽글몽글하고 윤기가 자르르했다. 데미글라스 소스도 직접 만든 모양이다.

뭐라고 할까, 어느 모로 보나 전문점에서 파는 수준으로밖에 보이지 않는다……! 용케 저 좁은 부엌에서 이만한 수준의 작품을 만들어 냈네.

"에헤헤, 솜씨 좀 부려 봤어요."

아카리는 그렇게 쑥스러워하면서 좌식 테이블을 가운데 두고 내 맞은편에 앉았다.

"어제 선배가 일하시는 모습을 보고 저도 뭔가 할 수 있는 일 없을까 하고 아침부터 생각해 봤어요. 카페 가는 길에 '푸치 백화점'이 있기에 오전에 장을 좀……."

"푸치 백화점?"

"슈퍼예요. 체인점인데 일반 슈퍼보다 작아서…… 이른바 도시형 소형 슈퍼라고나 할까요?"

"아…… 그러고 보니 요즘 그런 게 생겼던 거 같아……."

아마 한 달 전에 오픈한 거 같은데? 당연히 나는 들어가 본 적 없고 지나쳐 가기만 했지만……. 이제는 아카리가 이 동네를 더 잘 아는 것 같다.

"그런데 집안일도 하는데 장도 보다니, 힘들지 않아?"

"아뇨, 전혀 안 힘들어요! 어느 정도 계획을 세우고 하면 금방 끝나요. 여기 있는 이 소스를 만드는 시간도 충분했어요."

"오…… 대단하네."

"에헤헤. 별거 아녜요."

부끄러운 듯 쑥스러워하는 아카리. 겸손한 모습을 보이고 있지만 이게 그렇게 간단한 것일까?

적어도 나는 아니다. 대체 얼마만큼의 공을 들여야 하는지조차 가늠이 안 됐다.

하지만 이걸 준비한 사람은 다른 누구도 아닌 바로 아카리다.

분명 열심히 준비했을 것이다. 그녀는 똑똑하면서도 어딘가 모르게 서투르니까.

적당히 대충 할 수 있는 아이가 아니라는 것은 요 며칠 같이 지내면서 충분히 깨달았다.

"저는 오므라이스를 정말 좋아해요. 그래서 연습을 진짜 많이 했기에…… 이건 조금 자신 있어요."

"그래?"

"사실 정말 중요한 날에, 아니, 결단의 날이라 해야 하나…… 아무튼 그때까지 아껴 둘려 했는데, 어제 저에 대해 좀 더 알고 싶다고 하셔서, 그래서……."

뺨을 슬그머니 붉게 물들이며 부끄러워하는 아카리는, 뭐라고 할까, 굉장히 귀엽고…… 보는 나도 묘하게 부끄러워지게 만든다.

생각해 보면 아카리에게는 늘 이랬다.

얼마 전까지만 해도 친구의 동생에 불과했는데, 빚의 담보로 찾아와 함께 시간을 보내면서… 그녀의 존재가 점점 내 안에서 커져 가고 있다.

이 이상 그녀에 대해 더 알게 되면, 어떻게 될지…… 솔직히 상상도 안 간다.

　두렵지는 않지만… 뭐라고 할까, 처음 느끼는 감정이다. 긴장에 가까운 감정일지도.

　"선배."

　"으, 응?"

　"저 좀 더 열심히 할게요. 선배가 멋지다고 생각해 주실 수 있도록, 특별해질 수 있도록…… 어쩌면, 아니, 반드시 이 오므라이스보다 더 자신 있게 만들 수 있는——좋아한다고 생각할 수 있는 요리를 만들어 보일게요!"

　얼굴을 붉히면서 조금 빠른 속도로 선언하는 아카리는 눈이 부셨고 또——

　"이, 이러다 밥이 식겠어요. 얼른 먹어요!"

　"으, 응."

　아카리의 재촉에 수저를 들었다.

　""잘 먹겠습니다.""

　그렇게 아카리가 정성껏 만든 오므라이스를 먹기 시작했는데……

　'뭐지? 왠지 진정이 되지 않아.'

　오므라이스는 맛있다. 맛집 뺨치는 수준이었다. 몇 그릇이라도 먹을 수 있을 것 같았다.

　그렇지만 그것과는 별개로 아까 아카리가 한 선언을 듣고 나서 내 안에서 정체를 알 수 없는 감정이 태어났다.

　심장이 묘하게 뛴다고 해야 하나, 몸에 슬며시 열이 오른다 해야 하나.

절대로 나쁜 감정은 아니었다. 기쁘다든가 부끄럽다거나 그런 감정과 비슷하지만 어딘가 달랐다.

이렇게 맛있는 밥을 앞에 두고서 나도 모르게 시선은 마주 앉은 아카리에게로 향한다.

제일 좋아하는 음식이라 그런지, 아카리는 오므라이스를 먹으면서 정말 행복한 표정을 짓고 있었다.

'뭔가, 고민하는 게 바보같이 느껴지네.'

나는 이 감정의 이름을 모른다. 멈추는 방법도 알지 못한다.

그렇다고 해서 초조해할 필요는 없다.

앞으로 며칠이 남았는지, 얼마나 남았는지는 모르겠지만, 아카리와 함께 지내면서 조금씩 이 감정도 깨달을 테니까.

어쩐지 예감이 든다. 지금 내가 느낀 이 감정은 함께하는 날들 속에서 그녀를 이해해 가는 동안 몸집이 커지고 뚜렷한 형태가 되어 갈 거라는 예감이.

그게 뭐가 될지, 그리고 나와 그녀의 관계가 무슨 이름으로 불리는 관계로 변해 갈지, 그것은 잘 모르겠지만 몹시 기대되었다.

"선배, 오므라이스 어떠세요……? 입에 맞으세요?"

"……응. 진짜 맛있어 아마도 지금까지 먹은 것 중에 최고로."

나는 웃는 얼굴로 그렇게 말하며 고개를 끄덕였다. 그러자 아카리는 아까보다 훨씬 더 행복해 보이는 표정을 지으며 수줍어했다.

아직 나와 아카리는 감사한 마음이나 불안한 마음을 직접 말로 해야만 전할 수 있는 조금 답답한 관계지만, 그럼에도 묘한 편안함이 있다.

그래서 지금은 조금만 더 오빠의 친구, 친구가 빌린 빚의 담보라는 기묘한 관계를 유지하고 싶다고, 나는 나도 모르게 그렇게 생각했다.

번외편 내 여름이 시작된 이야기

나는 여름이 정말 좋다.

찌는 듯한 더위도, 매미 울음소리도, 어디서 들려오는 풍경 소리도.

여름을 생각하면 불현듯 가슴이 뜨거워진다.

하지만 처음부터 그랬던 것은 아니다.

내가 처음 여름을 좋아하게 된 것은 초등학교 4학년 때.

그 당시, 나는 학교에서 따돌림을 당하고 있었다.

본격적인 따돌림과 비교하면 그리 심하지는 않았다.

맞거나 물건을 도둑맞거나 하지는 않았고 그저 같은 반 친구들에게 무시를 당한 정도니까.

그렇지만 당시의 나는 정말 힘들었다.

얼마 전까지 아무렇지 않게 이야기하던 친구들에게 무시를 당하고, 학교에서 아무하고도 이야기하지 않는 날이 점점 늘어나면서 내가 정말로 여기 있는 건지 혼란스러워지고.

그렇지만 그 자리에서 울면 비참해질 뿐이라서 꾹 참고 집에 와 내 방에서 베개에 얼굴을 묻고 혼자 훌쩍였다.

오빠가 안다면 분명 일이 커진다.

일이 커지면 지금은 무시 정도로 끝나지만 분명 더 심한 일을 당할지도 모른다.

그런 생각으로 가족에게도 털어놓을 수 없었다——

하지만 분명 아빠랑 엄마는 알고 계셨을 거라 생각한다.

"아카리, 여름캠프에 갔다 와 볼래?"

여름 방학이 시작된 지 얼마 안 된 어느 날, 느닷없이 아빠가 그런 말을 했다.

"여름캠프……?"

"그래. 초등학생끼리 모여 카레를 만들거나 캠프파이어를 하면서 춤을 추거나 하는 거야."

"와! 재밌겠다!"

아빠의 설명에 먼저 반응한 것은 같이 이야기를 듣고 있던 오빠였다.

신나 하는 오빠의 반응이 흡족했는지, 아빠는 여름캠프에 대해 이것저것 알려 줬다.

그 이야기들 중 내가 가장 혹했던 것은 그 캠프가 옆 동네에서 주최하여 진행된다는 것이었다.

아마도 아빠는 내가 학교 친구들과 잘 지내지 못하는 것을 눈치 채고 적어도 또래 아이들과 어울릴 수 있도록 이런 이야기를 해 주신 거 같았다.

모르는 아이들 천지라는 것이 조금 불안했지만 오빠도 있으니까. 무엇보다 나는 친구라는 존재에 목말랐던 거 같다.

거의 장식품이나 다름없던 키즈 핸드폰 연락처에 가족 말고 누군가가 저장되는 것을 상상하니 어쩐지 가슴이 콩닥콩닥 뛰었다.

오빠가 감기에 걸렸다——그것도 여름캠프 당일에!

"콜록! 내 동생아⋯⋯! 미안하다, 오빠 몫까지 부디 즐기고 와⋯⋯ 으윽! 역시 나도 갈래!"

"안 돼지. 38도나 되니까 얌전히 주무세요."

"너무해애애애애애애!"

엄마에게 안겨 방으로 돌아가는 오빠를 보며 나는 급격하게 기분이 안 좋아졌다.

그도 그럴 것이 오빠가 같이 가지 않으면 나는 정말로 그곳에서 외톨이가 되기 때문이었다.

아빠도 집합 장소까지 차로 데려다 줄 뿐, 캠프에는 따라가지 못하니까.

"아빠 나도 안 갈래⋯⋯."

"아카리. 스바루가 '오빠 몫까지'라고 했잖아."

"그렇지만⋯⋯."

"그리고 아카리, 이건 스바루에게 말하면 속상해할 거 같으니 비밀인데."

아빠가 쭈그려 앉아 내 귀에 입술을 가까이 댔다.

"실은 아빠랑 엄마도 스바루랑 아카리 정도 나이에 여름캠프에 가서 친해진 거야."

"진짜?!"

"하하하, 진짜지. 이 이야기까진 거의 한 적이 없는데, 같은 그룹이 되어서…… 흠흠, 이 이야기는 나중에 천천히 해 줄게. 허락없이 이야기한 거 들키면 엄마한테 혼나니까."

그렇게 난처한 웃음을 지으면서 아빠는 새끼손가락을 내밀었다.

나도 똑같이 새끼손가락을 내밀어 그 손에 걸었다.

"이 이야기는 아카리랑 아빠만의 비밀이야."

"응!"

잉꼬부부라는 말이 잘 어울리는 부모님의 평상시 모습을 머릿속에 떠올리면서 나는 방긋 웃었다.

집합 장소는 옆 동네 초등학교로, 캠프장에는 버스를 대절해서 이동한다는 모양이다.

역시 나를 뺀 나머지 애들은 모두 친구가 있어서, 아까 아빠가 해 준 비밀 이야기를 듣고 두근거렸던 마음은 이내 바닥으로 가라앉았다.

나는 고개를 숙이고 가방 어깨끈을 꽉 쥔 채 혼자 조용히 버스에 올랐다.

버스는 자유롭게 앉아도 된다. 분명 다들 친구랑 앉고 내 옆은 마자막의 마지막까지 아무도 앉지 않겠지.

어쩐지 학교에서 있을 때의 자신이 떠올라서 눈물이 나올 뻔했다.——그때,

"야!

"……응?

갑자기 누군가 어깨를 가볍게 두드렸다.

휙 고개를 들자, 씩 웃고 있는 남자가 서 있었다.

"여기 누구 앉을 사람 있어?

"아, 아니."

"잘됐다. 그럼 앉아도 될까?"

나는 영문도 모른 채 고개를 끄덕거렸다.

물론 모르는 남자애다. 그러나 조금, 아니, 꽤 잘생긴 애였다.

"아카리."

"어? 어떻게 내 이름을……."

"아하하, 명찰에 쓰여 있잖아."

얼굴이 화르륵 달아오른다.

접수할 때 나눠 준 명찰에 직접 이름을 썼다. 그것도 아빠가 '다른 아이들은 아카리의 한자를 못 읽을 수도 있어'라고 해서 히라가나로.

그걸 잊고 있었다는 게 부끄럽기도 하고 조금 억울해서, 남자아이의 명찰을 본다.

"……큐?"

"오, 읽을 수 있구나. 대단하다!"

"다, 당연하지! 벌써 4학년인걸."

놀리는 듯한 말에 나는 이번에도 역시 얼굴을 붉히며 대답했다.

그의 명찰에 쓰인 단 한 글자짜리 한자는 마침 내가 막 배운 것이었다.

그래서 유독 더 눈에 선명하게 들어온 것 같았다.

"하지만 아깝게도 땡! 잘못 읽었어."

그는 이가 드러날 만큼 활짝 웃으며 자신의 이름을 가리켰다.

"모토무."

"어?"

"구할 구(求) 자를 쓰고 '모토무'라고 읽어. 그게 내 이름——아, 나도 히라가나로 쓸걸!"

"모토무."

곱씹듯이 그 이름을 되뇌다 깨달았다.

——나, 아무렇지 않게 대화하고 있어.

가족이 아닌 사람과, 특히 내 또래와는 정말 오랜만이었다.

그런 당연한 일이 기뻐서…….

"흑……."

"엇? 왜, 왜 그래?!"

"모토무가 여자애를 울렸어!"

"아냐! 아, 아니 아닌 게 아닐지도?!"

친구들로 보이는 아이들이 모토무에게 한마디씩 했다.

모토무 때문이 아니라 오히려 모토무 덕분이라고 할 수 있었지만, 그래도 나는 기쁨의 눈물을 멈출 수가 없었다.

"미안, 해. 나 혼자 여기 온 거라……."

"그랬구나…… 그럼 여기 앉는 게 정답이었네."

"응……?"

"여기 앉으면 내가 아카리와 맨 처음 사귄 친구가 되잖아! 안 그래?"

모토무는 그렇게 웃으면서 달래듯이 내 머리를 쓰다듬었다.

그 손도, 얼굴도 굉장히 따스해서 어느새 나는 미소를 짓고 있었다.

그 후로 나는 모토무 친구들과 이야기도 하고 카드놀이도 하고…… 친구들끼리 하는 그런 자연스러운 것들을 하며 버스에서 시간을 보냈다.

"모토무는 왜 나한테 말 건 거야?"

"그야 당연히……."

"꼬시려는 거지!"

"아카리 귀엽잖아."

"귀, 귀여워……?!"

"그런 거 아냐."

모토무가 어이없다는 듯이 한숨을 쉬었다.

그런 의미가 아니라는 것을 알면서도 '귀엽다'는 칭찬을 부정한 것 같아서 조금 찝찝했다.

"이거야, 이거."

그런 내 기분을 모르는 모토무가 내 손목을 잡는다.

잡았다고 해도 절대로 힘줘서 억지로 잡은 것이 아니라, 오히려 굉장히 조심스럽게…… 순간 놀라서 머릿속이 새하얘졌다.

"같은 초록색 리스트밴드 하고 있잖아. 우리가 같은 조라는 거지."

모토무는 그렇게 말하며 손목에 찬 리스트 밴드를 내 것과 맞춰 보듯이 내보였다.

동시에 나를 보며 웃는 얼굴이 눈부셔서, 나는 또다시 내 얼굴에 열이 오르는 것을 느꼈다.

"기왕 같은 반이 됐는데 친하게 지내면 좋잖아!"

"그러고 보니 아카리를 처음 보긴 하네. 다른 학교에 다녀?"

"으, 응."

"그럴 줄 알았어! 이렇게 귀여운 애 봤으면 기억 못 할 리가 없지!"

그런 말은 가족이 아닌 사람에게 들은 적이 없는데.

하지만 나는 어째서인지 그렇게 말해 준 모토무의 친구가 아니라 모토무가 어떤 반응을 보일지가 신경이 쓰였다.

"모토무도 아카리가 귀엽다고 생각하지?"

"그건……."

모토무가 이쪽을 본다.

그 거리가 생각보다 가까워서 그의 눈동자에 내가 비치는 게 보였다.

"그렇지."

"~~~~~~~!!"

나는 견디지 못하고 얼굴을 두 손으로 가린 채 몸을 수그렸다.

친구들이 모토무가 또 울렸다며 뭐라 하는 소리가 들리고 모토무도 당황해서 괜찮냐고 말을 걸었지만, 그럼에도 나는 도저히 얼굴을 들 수 없었다.

왜냐면 지금 내 표정은 절대 보여 줄 수 있는 상태가 아니었으니까.

녹아 버릴 것 같을 정도로 뜨겁고, 괴로웠다.
심장이 쿵쾅쿵쾅 시끄러운 소리를 냈다.
지금까지 느껴 본 적 없는 이상한 감정이 흘러넘쳤다.

그건 내가 아직 모르는 감정이었다.

◆ ◆ ◆

진부한 이야기겠지만 모토무는 인기인이었다.
친구도 많았고, 내 조, 네 조 할 것 없이 모두 말을 걸었다. 나와는 전혀 달랐다.
"아 힘들다!"
모토무는 잔디 위, 내 옆에 깔아 둔 돗자리에 앉으며 만족스러운 듯 숨을 쉬었다.
캠핑장에 도착한 뒤 지금까지 운동도 하고 근처 강에서 놀다가 지금은 집에서 가져온 도시락을 먹을 시간이었다.

모토무가 꺼낸 도시락은 검은색에 심플한 디자인으로 어른스러운 분위기를 풍겼다.
그에 반해 내 것은 좋아하는 애니메이션 캐릭터가 그려져 있어 유치해 보였다.
'겨우 한 살밖에 차이가 안 나는데……'
4학년과 5학년, 그 정도의 차이일 뿐인데 자신은 어린애고 모토무는 어른이고…… 그 차이가 싫었다.

"아카리 도시락 통 예쁘다."

"어?"

"내 건 아빠 거 물려 쓰는 거야. 나도 좋아하는 캐릭터가 도시락 통에 그려져 있으면 좋을 거 같은데 말이지."

모토무는 마치 내 머릿속을 들여다본 것처럼 그렇게 아쉬운 미소를 지었다.

"와, 맛있겠다!"

"모, 모토무 것도 맛있어 보여."

"그래? 엄마한테 그 말 꼭 전해 줄게."

그렇구나. 도시락을 만든 사람은 엄마니까 맛있겠다는 말도 엄마에게 하는 말이 되는구나.

나도 엄마한테 모토무가 맛있어 보인다 했다고 전해 주자.

만약 내가 만들었다면…… 문득 나도 모르게 그런 생각을 하고 말았다.

"그럼 먹자. 잘 먹겠습니다!"

"자, 잘 먹겠습니다."

캠핑장에서는 기본적으로 조끼리 모여 다녔다.

우리 조에 물론 다른 아이도 있지만, 모토무는 특별히 나와 같이 있어 줬다.

분명 내가 모토무와 함께 있고 싶어 하는 것을 눈치챘을 것이다. 조금 부끄러웠지만 무엇보다 기뻤다.

"앗."

실컷 놀고 많이 마셨기 때문일까. 어느새 가지고 온 물통이 텅 비고 말았다.

그런 나를 보고 모토무가 쿡쿡 웃었다.

"마실래?"

그러고는 바로 자신의 물통을 내밀었다. 남자아이답게 사이즈가 큰 물통이었다.

반사적으로 잡자 아직 내용물이 들어 있어 내 손에는 무거웠는데, 그게 문제가 아니라……!

"이, 이거 어떻게 먹어……?"

"응? 그냥 입 대고 마시면 돼."

그렇다──모토무의 물통은 뚜껑을 컵으로 마시는 타입이 아니라 직접 입을 대고 먹는 타입이었던 것이다!

화, 확실히 남자애들이 이런 걸 좋아하긴 하지만……!

"아하하, 이건 물려받은 거 아냐."

물통을 뚫어져라 바라보는, 아니 노려보는 나를 보며 모토무가 민망한 듯이 머리를 긁적였다. 아니야, 그런 걸 신경 쓰는 게 아니야.

하지만 목은 말랐고, 그것과 별개로 몸속 깊은 곳에서 밀려 올라오는 감정도 억누를 수가 없어서, 나는 아직 조금 물기가 묻어 있는 물통 가장자리에 입을 댔다.

"엇! 다, 달아……!"

냄새는 우리 집에서도 평소 마시는 보리차 같았는데, 맛은 어쩐지 달콤하고 더 맛있었다.

"맛있어?"

"으, 응. 엄청 맛있어…… 이거 보리차야?"

"맞아. 하지만 그냥 보리차는 아니지."

"응?"

"설탕이 들어갔거든."

"설탕?"

"어, 꽤 잘 어울리지? 요즘 우리들 사이에서 유행하는 거야."

모토무는 그렇게 말하며 내가 돌려준 물통에 입을 댔다. 내가 방금 막 입을 댄 물통에.

나는 그렇게나 두근거렸는데, 얼굴이 뜨거워질 정도로 긴장했는데. 틀림없이 모토무는…… 간접 키스 같은 건 생각도 못 하고 있겠지.

"앗! 아카리, 그 치킨 맛있겠다! 나랑 바꾸지 않을래?"

그렇게 바로 다음 화제로 넘어가는 모토무를 보며, 나는 아주 잠깐 어린애 같다고 생각했다.

그렇지만 그런 점도 멋있는 것과는 다르게…… 귀여운 느낌이 들어서 또다시 나는 가슴이 두근거렸다.

모토무랑 함께 있으면 나는 내내 두근거렸다.

도시락을 먹은 뒤에는 잠깐 레크리에이션을 했다. 그 뒤에는 모두 모여 카레를 만들어 먹기도 하고 캠프파이어를 둘러싸고 게임을 하기도 하고…… 담력 시험을 하기도 했다.

담력 시험은 조금 무서웠지만, 그래도 굉장히 재밌었다.

같은 조 아이들은 정말 착한 애들뿐이라, 일면식도 없는 나에게도 잘해 줬다. ……그래서 또 내가 사는 곳으로 돌아가기가 무서웠다.

"있잖아, 아카리."

"왜 그래, 아야?"

담력 시험도 마치고 마지막으로 남은 프로그램은 캠핑장에 쳐 둔 텐트에 들어가 모두 함께 자는 것이었다.

물론 남녀 따로따로였지만.

아야는 오늘 사귄 같은 조 친구 중 하나였다. 모토무랑 같은 초 등학교, 그것도 같은 반에 다니고 있다고 한다.

……조금 부러웠다.

"아카리 혹시 모토무를 좋아해?"

"히엑?!"

엉겁결에 이상한 목소리를 내고 말았다.

얼굴에 열이 확 몰린다. 작은 목소리긴 하지만 모두 다 있는 이 런 곳에서 그런……?!

"그, 그렇지……."

"얼굴이 새빨개졌는데?"

"지, 진짜?!"

"거짓말이지. 어두운데 어떻게 그게 보이겠어."

깔깔거리며 장난치듯 웃는 아야.

그렇지만 분명 지금 내 반응으로 눈치챘을 것이다.

"……아."

얼굴이 뜨겁고 심장이 쿵쾅쿵쾅 뛴다.

단지 부끄러워 그런 것만이 아니라 모토무를 생각했기 때문에.

아야가 모토무를 좋아하냐고 물었기 때문에.

"그렇구나……."

나는 이제야 드디어 자신 안에 태어난 감정의 이름을 알았다.

모토무랑 함께 있으면 기쁘다.

두근거리고 설레고, 조금 간질간질하면서도 꿈속에 두둥실 떠 있는 것 같다.

열이 날 때처럼 머리가 멍하지만 그렇다고 아프지는 않고 오히려 기분 좋은 느낌이 들고……

이건, 내가 모토무에게 품고 있는 이 감정의 이름은——

"아카리, 너무 귀여워!"

"엇? 아, 아야?!"

아야가 갑자기 나를 와락 껴안았다. 당연히 목소리를 죽일 수가 없는 상황이었기에 다른 아이들도 관심을 보이기 시작했다.

나는 아야에게 안긴 채 오로지 모토무를 생각했다. 생각하지 않을 수 없었다.

지금까지 책이나 텔레비전에서만 보던 사랑이, 설마 나에게 오다니.

그것도 오늘 막 만난 사람과…… 아니, 틀림없이 처음 이야기한 그때부터…….

"아야, 나 모토무를 좋아하는 거 맞겠지……?"

"맞겠지가 아니라 틀림없어!"

아야가 기쁜 듯이 고개를 끄덕였다.

모토무가 상대라는 것보다 아마도 연애 이야기에 관심이 있는 것 같았다.

나도 연애 이야기에는 굉장히 관심이 많지만…… 내 이야기가 되면 조금 다르다.

내가 사랑을 하고, 그 사랑이 관심을 받으니 왠지 창피했다.

"이야, 우리 모토무를 좋아하다니. 아카리 눈이 제법 높네!"

"아, 아야, 목소리가 너무 커."

"괜찮아! 우리 모두 아카리 편이니까!"

이야기를 집중해서 듣고 있던 다른 아이들도 눈을 초롱초롱하게 빛내며 고개를 끄덕였다.

아, 얼굴이 뜨겁다. 굉장히 창피하다.

"좋아, 그럼 고백——은 좀 이른가? 병사를 숨기려면 어쩌고저쩌고라는 말도 있고!"

"병사……?"

"나도 몰라! 전에 텔레비전에서 그런 얘기가 나왔어."

"잠깐, 그래서, 그래서! 아카리는 모토무의 어떤 점이 좋았어?!"

"아, 그게……."

모토무의 어디가 좋았냐니, 차라리 단점을 찾는 게 어려울 정도다.

하지만 멋있다거나 친절하다거나 따뜻하다거나…… 그런 걸 말로 표현하려고 하니 이상한 기분이 들어서 결국 우물거리고 말았다.

"비, 비밀!"

"뭐야~ 가르쳐 줘!"

당연히 아이들도 쉽게 포기할 리가 없었고, 자원봉사 하는 언니가 '사이좋은 것도 좋은데, 이제 그만 자야지' 하고 웃으면서 주의 줄 때까지 나는 계속해서 질문 공세에 시달렸다.

……하지만 모두 침낭에 들어가 잠든 이후에도 익숙하지 않은 잠자리, 그리고 익숙하지 않은 감정에 한참을 뒤척거렸고, 결국 나는 바깥이 희미하게 밝아 오기 시작할 때가 되어서야 잠이 들 수 있었다.

그리고 내가 눈을 뜬 곳은 돌아가는 길, 그것도 아빠 차 안이었다.

그랬다, 마지막의 마지막, 해산할 때까지 나는 정신없이 자 버린 것이다……!

나중에 몇 번이나 후회하는 추억을 '흑역사'라고 한다던데, 여기서 늦잠을 자 버린 것이 그야말로 내 인생의 명백한 '흑역사'였다.

여름캠프 이틀째에는 거의 하는 것이 없었다. 그저 버스를 타고 돌아가는 것뿐.

체력도 적고, 페이스 배분 같은 건 하나도 모르는 초등학생들이 열성적으로 캠프를 즐긴 다음 날에 제대로 움직일 수 있을 리 없으니 당연하다면 당연한 일이다. 그래서 내가 돌아가는 순간까지 일어나지 못한 것도 큰 문제는 아니었다.

지금도 일어나서 백미러로 본 아빠의 얼굴이 잊히지가 않는다.

그야 설령 일어날 수 있었다고 해도 모토무에게, 그, 고백 같은 건 못했겠지만……!

아빠에게 들은 이야기인데, 버스에서 자고 있는 나를 업어서 데리고 온 남자애가 있다고 한다. ……분명이 모토무였을 것이다.

작별 인사도 못 했는데…… 업어 준 감각조차 기억하지 못하다니.

하지만 모토무를 곧 다시 만날 수 있을 거야. 그가 살고 있는 곳은 옆 동네고, 게다가 캠프는 내년에도 할 테니.

그때의 나는 그렇게 생각했다.

하지만 그 바람은 이루어지지 않았다.

왜냐하면 나에게 큰맘 먹고 옆 동네까지 만나러 갈 용기 같은건 없었고!

여름캠프도, 이듬해부터 예산 문제로 개최되지 않을 줄은 꿈에도 몰랐으니까!

그로부터 꽤 시간도 흘러 결국 모토무와는 그것으로 끝.

첫사랑이란 것은 허무하고, 나는 단 하루의 행복한 시간과 맞바꿔 실연의 아픔을 겪었다……라는, 흔히 사춘기 중학생이 품을 법한 다소 과장된 체념으로 결론을 내리려 한 바로 그때——

"실례합니다. 아, 네가 스바루가 말한 동생이구나?"

다시 여름이 찾아왔다.

내가 중학교 3학년이 되고.

그가 고등학교 1학년이 되고.

둘 다 그때보다 많이 컸지만, 나는 보자마자 바로 그가 그때 그 모토무라는 것을 알아챘다.

얼굴은 더 잘생겨졌고, 키도 컸으며, 목소리도 조금은 낮아졌지만——그래도 그때 느꼈던 다정하고 따스한 분위기가 그대로 남아 있었기 때문이다.

"아, 저기, 어……."

오빠가 갑작스레 모토무를 집에 데려온 날은 기묘하게도 그와 처음 만났을 때와 똑같이 여름 방학이었다.

수험생인 나는 그날따라 도서관에도, 학교에도 가지 않고 집에서 공부를 하고 있었다. 당연히 모토무가 올 거라고 상상도 하지 못했을뿐더러, 가족 이외의 사람과 만날 예정도 없었기에 그래서……!

그래서 차마 다른 사람에게 보여 줄 수 없는 심각하게 편하고 귀엽지 않은, 정말 집 안에서밖에 못 입는 캐미솔과 반바지 차림으로 내 첫사랑과 재회했다.

모토무를 다시 만났다는 환희와 좋아하는 사람에게 칠칠치 못한 모습을 들킨 절망이 동시에 찾아와서 솔직히 엄청 패닉 상태였다.

"야, 모토무. 남의 동생 왜 놀라게 해."

"놀라게 한 게 아니라 인사했을 뿐이야. 동생도 모르는 사람이 집에 있으면 무서울 거 아냐."

어이없다는 듯이 뭐라 하는 오빠의 말에 모토무도 똑같이 어이없다는 듯이, 하지만 편한 느낌으로 받아쳤다.

사실 나는 가족에게 모토무에 대한 이야기를 하지 않았다.

그 이유는 보물을 나만의 보물 상자에 몰래 넣어 두는 것처럼, 모토무와의 추억은 오직 나만의 것으로 간직하고 싶었던 내 작은 욕심 때문이었다.

그렇기 때문에 오빠는 내가 모토무에게 첫사랑을 받쳤다는 것은커녕 그런 이름의 사람과 여름캠프에서 만난 것도 알지 못했다.

"어……?"

그리고 모토무는,

"혹시 우리 어디서 만난 적 있나……?"

내가 패닉 직전까지 내몰렸다는 것도 모른 채 그렇게 물으며 내 얼굴을 유심히 들여다봤다.

나는 기억하지 못해서 충격이라든가, 얼굴이 가까이 다가와서 가슴이 쿵쾅거린다든가, 그런 여러 가지 감정이 휘몰아쳐서 숨 쉬는 법조차 잊어버렸다.

"야, 왜 남의 여동생한테 작업을 걸어."

"무슨 작업을 건다고 그래. 아, 생각이 날 것 같은데……."

"됐고, 떨어져. 아, 떨어지라고!"

모토무가 고개를 갸웃하고 있는데 오빠가 어깨를 잡고 떼어 놓았다.

안도하면서도 아쉬우면서도…… 여전히 내 마음은 복잡하기만 하다.

"그나저나 의외네. 확실히 내 동생이 미소녀라는 말도 한참 부족할 정도로 미소녀기는 하지만, 다른 사람도 아니고 모토무가 집적거릴 줄이야."

"아, 그런 거 아니라니까……!"

놀리듯이 히죽거리는 오빠와 짜증난다는 듯이 한숨을 쉬는 모토무.

가벼워 보이지만 의외로 사적인 공간을 중요시하는 오빠가 집으로 데리고 올 정도니 당연한 일이겠지만, 이런 사소한 대화만으로도 두 사람이 상당히 친하다는 것을 알 수 있었다.

"일단 소개할게. 내 자랑스러운 동생, 아카리다. 이쪽은 고등학교 친구 시라기 모토무."

"안녕…… 잠깐? 아카리?"

"……!!"

내 이름에 반응해 눈을 크게 뜨는 모토무.

호, 혹시 기억난 건가……?!

"모토무? 너 설마 또 어디선가 만났다는 말 하려는 건 아니겠지?"

"근데 진짜로 어디선가…… 아니다, 됐다. 미안해. 이런 말 계속하면 짜증나겠지."

오빠의 방해에 모토무는 생각하기를 포기하고 말았다.

그렇지만 그를 원망할 수는 없었다. 나도 여름캠프에서의 일을 누구에게도 말하지 않았고, 벌써 몇 년이나 지난 이야기니까. 잊어도 어쩔 수 없었다.

오히려 모토무에게 그때 이야기를 했는데도 떠올리지 못한다면…… 그렇게 생각하니 나도 도저히 말을 꺼낼 수가 없었다.

"아 아네요. 괜찮아요."

나는 최대한 괜찮은 척하며 웃으면서 그렇게 대답했다.

웃는 얼굴은 누가 봐도 억지로 웃는 것처럼 굳어 있고, 목소리도 떨렸지만.

"그럼 아카리, 나는 이 녀석하고 내 방에 들어가 있을게. 혹시 시끄러우면 말해."

"으, 응. 알았어."

"가자, 모토무."

"응⋯⋯."

오빠에게 팔을 잡힌 채 모토무는 끌려갔다.

그 모습을 그저 지켜볼 수밖에 없었지만⋯⋯ 그렇지만 절망감은 들지 않았다.

더는 만날 수 없다고 생각한 사람과 다시 만났으니까.

더구나 이번에는 단 한 번뿐인 만남이 아니다. 모토무는 오빠 친구니까 분명 앞으로 몇 번이라도 만날 수 있다.

마치 멈춰 있던 시간이 다시 움직이기 시작한 듯한 감각에 나는 내 가슴이 두근거리는 것을 느꼈다.

너무나도 기쁘고 행복하고, 그 여름날에 느꼈던 열기가 되살아난 것 같았다──

그리고⋯⋯⋯⋯ 아무 일도 없이 그대로 3년이 지났다⋯⋯!!!

"뭐? 너 모토무 좋아했냐?!"

선배와 재회한 지 3년이 지난 올해 골든위크.

대학에 입학하면서 독립한 오빠가 집에 돌아왔을 때, 나는 훌쩍

이면서 감춰 왔던 마음을 털어놓았다.

친구에게도, 누구에게도 말한 적 없는 마음을 하필이면 좋아하는 상대와 친구인 오빠에게.

그랬다——재회하고 나서 지금에 이르기까지, 나와 선배의 관계는 조금도 발전하지 못한 것이다.

제대로 된 대시도 못한 채 선배는 졸업해 버렸고, 나와 선배의 관계는 다시 끊어져 버렸다……. 후회와 공허함과 자기혐오에 빠진 나에게는 이제 마지막 연결 고리인 오빠에게 부탁하는 것밖에 남은 수가 없었다.

지금까지 감춰 왔기에 당연히 내 마음을 몰랐던 오빠는 지금껏 내가 본 것 중에 가장 놀라며 앉아 있던 의자에서 요란하게 굴러 떨어졌다.

하지만 떨어졌을 때의 물리적인 충격으로 되레 마음이 진정된 것 같으니 결과적으로 나쁘지 않을지도.

"그랬다 이거지……? 뭐, 나도 귀여운 동생을 위해서라면 뭐든 해 주고 싶긴 한데, 하필이면 모토무라니……."

오빠는 착잡하게 웃으면서 그만 울라며 주머니에서 휴대용 티슈를 꺼내 던졌다.

"선배면, 안 돼는 거야……?"

"아니, 그 녀석은 좋은 녀석이니 매제가 된다 해도 나쁘지 않지——아니, 오히려 좋을지도? 재밌겠는데."

"매제——?! 오빠! 이야기가 너무 나갔어!!"

"엥? 하지만 아카리는 모토무를 좋아하잖아. 사귀다가 나중에 결혼하고 싶다고 생각한 적 없어?"

지극히 당연한 것처럼 거침없이 그렇게 말하는 오빠를 보며, 나는 '상담 상대를 잘못 선택했을지도' 하고 생각하고 말았다.

"몰라, 거기까진 생각 안 해 봤어⋯⋯! 나는 그저 선배가 좋고⋯⋯ 쓸쓸해서, 단지 그뿐이야⋯⋯."

앞으로의 일 같은 건 생각해 본 적도 없다.

나에게 선배는 곁에 있는 게 당연한 사람이 아니었다. 여전히 일방적으로 우러러보는 머나먼 존재지⋯⋯.

그래서 여기서 한 걸음 더 나아가, 친해지고 싶었다. 당연하다는 듯이 이야기 나눌 수 있는 사이가 되고 싶었다.

그 이상의 것은――물론 그런 미래를 단 한 번도 상상하지 않았다고 하면 거짓말이겠지. 하지만 그런 미래는 나에게 마치 판타지와 같았다.

"아카리, 순진한 건 애처롭고 사랑스러워서 좋은데, 그렇게 계속 소극적으로 굴면 모토무는 손에 넣을 수 없어."

"소, 손에――?!"

"그래⋯⋯. 실제로 있었던 어떤 사람의 이야기를 해 줄게. 본명을 말했다가 아는 사람이면 민망할 수 있으니 마츠모토라고 하자."

마츠모토⋯⋯ 가명치고는 흔한 이름이다.

"마츠모토는 우리보다 한 살 위 선배였어. 모토무와는 같은 도서 위원이었고."

"같은 위원회⋯⋯ 좋겠다."

오빠가 어이없다는 듯이 한숨을 쉬었다. 평상시 한숨의 대상이 되는 오빠가 그런 반응을 보이니 조금 발끈했지만, 동시에 선배와 같은 위원회였다는, 만난 적도 없는 마츠모토(가명)를 질투한 것이 부끄럽게 느껴졌다.

"뭐, 됐고. 아무튼 그 마츠모토에게 모토무가 도서 위원 일을 배우고 있었다는데…… 결론부터 말하면 반하게 됐어."

"어……? 선배가?!"

"아니, 마츠모토가."

"사람 헷갈리게 말하지 마!"

지금 한 말은 확실하게 선배가 마츠모토에게 반했다는 뉘앙스였다. 아아, 충격으로 심장마비 올 뻔했어…….

"마츠모토는 엄청 내향적인 사람이라서 말이야, 부족한 설명에도 불평불만 하지 않고 웃으면서 잘 따르는 후배에게 두근! 해 버린 모양이야."

"두근?"

"이 바보야, 추가 설명 하게 만들지 마! 창피하니까!"

"그럼 처음부터 말을 하지 않으면 되잖아……"

아무튼 이런 이야기는 제쳐 놓고, 오빠 말에 따르면 결국 마츠모토와 선배는 사귀지 못했다고 한다. 다행이다.

"마츠모토는 소극적이지만 주위 사람들이 봐도 확실하게 모토무에게 반한 게 티가 났는데, 그 녀석은 끝끝내 알아채지 못하고 그대로 끝나 버렸지."

"아하…….."

"아하는 무슨. 어디 사는 누구 씨랑 상황이 완전 똑같지 않냐?"

선배를 좋아하지만 그 감정을 직접 행동으로 옮기지 못하고 자연 소멸…… 아, 나다…….

"모토무 주위에는 그런 애들이 꽤 있어. 걔 인기 많아. 정작 본인은 인식도 못 하는데 말이지, 열받게도."

"하, 하지만 선배는 아무하고도 사귀지 않았잖아!"

"그래, 그중엔 너도 있고."

"윽…….'

결국 나도 마츠모토도 선배를 짝사랑하는 어중이떠중이에 지나지 않는다는 뜻이다.

"뭐, 그 밖에도 츠루하, 마기, 코스모스 등…… 모토무와 그를 사랑한 여자들에 대한 에피소드는 많지만 결과는 거의 똑같아."

어째서인지 약국 이름을 가명으로 해서 늘어놓는 오빠.

하지만 말투로 보아 에피소드가 많다는 말 자체는 거짓이 아닌 듯했다.

"뭐, 너 같은 애는 한 트럭 있다는 거지. 자, 이 사실을 알았으니 아카리, 넌 이제 어쩔래?"

오빠는 진지한 표정을 지으며 그렇게 물었다.

나의 오빠로서, 그리고 선배의 친구로서.

"나는…… 선배와……."

구체적으로 생각해 본 적은 없었다.

선배와 어떻게 되고 싶다거나 그런 것은 없었는데…… 하지만 그것이 지금의 후회로 이어져서…….

벌써 몇 년째 같은 실수를 반복하고 있다. 막연히 생각하는 것만으로는 이제 안 된다.

"오빠…… 나, 나는, 선배랑──"

나는 다시 한번 고민하고, 생각했다. 그리고 그렇게 해서 명확하게 떠올린 바람을 용기를 내어 말했다.

"선배랑——언제나 얘기할 수 있는 사이가 되고 싶어! 구체적으로 말하자면 특별한 용건이 없을 때 전화해도 싫어하지 않는 관계가 되고 싶달까!"

말했다. 말해 버렸다. 다른 사람도 아니고 친오빠에게! 꿈 깨라고 비웃음 당할 수도 있는데!!

아아…… 얼굴이 뜨겁다. 심장이 쿵쾅거린다.

역시 욕심이 과하나? 정도를 모르는 동생이라고 생각하려나? 그렇게 생각하면서 조심스럽게 오빠를 보는데, 오빠는 멍하니 입을 벌린 채 굳어 있었다.

"그, 그게 다야……?"

"응? 그게 다냐니…… 아니, 엄청 구체적으로 많이 말했다 생각하는데……"

"아, 아하하……. 이야, 내 동생이지만 참 순수하다 해야 하나…… 뭐, 나쁘지 않지만."

오빠는 한숨을 푹 쉬었다. 왠지 그 모습에서 바보 취급하는 느낌이 들었다.

"다시 한번 물을게. 사귀고 싶다거나 결혼하고 싶다는 생각은 없어?"

"그, 그건…… 아직 먼 얘기잖아! 나 아직 선배랑 제대로 된 교류도 없단 말이야! 그런데 사귄다든가 결혼이라든가, 첫째는 딸이 좋고 둘째는 아들이 좋다는 이야기를 어떻게 해!"

"응, 마지막 말은 안 했어."

"잡은 물고기에게 먹이 하나 준다는 말 몰라?!"

"떡 줄 사람은 생각도 안 하는데 헛물켜지 마. 먹이를 왜 줘?"

둥글게 만 잡지로 머리를 통 맞았다. 가벼웠지만 조금 아팠다.

"뭐, 지금까지 소극적이었던 걸 생각하면 어쩔 수 없지 싶긴 한데…… 아카리, 분명하게 말하는데 그런 각오로는 무리야."

"으……!!"

"잘 들어, 너 같은 애들은 널리고 널렸어. 어설픈 마음으로는 한 발…… 아니, 두 발자국, 세 발자국 남들보다 앞서나가지 못해. 영원히.

"여, 영원히……?!"

쿵 하고 머리에 강한 충격이 가해졌다.

이번에는 잡지로 맞은 것이 아니라 말로 직접 머리를 뒤흔드는 감각이었다.

"수험도 마찬가지야. 가고 싶은 대학의 기준보다 훨씬 높은 수준에 도달하지 않으면 떨어질 가능성도 얼마든지——"

"어떡해, 오빠! 이대로 가면 다른 사람한테 선배를 빼앗기고 말 거야!!"

"……넌 아직 빼앗기느니 빼앗니 할 단계가 아니야."

쿵!

두 번째 충격. 그렇다 나는 선배에게 길가의 돌멩이. 마을 사람 A. 타는 쓰레기 수거 일에 버려진 재활용 쓰레기 같은 존재였다. '오늘은 회수하는 날이 아닙니다'라는 종이가 붙여질 운명……!

"하지만 그런 너에게도 기회는 마련되어 있지. 바로 내가 있으니까 말이야. 아카리, 내가 누구지?!"

"외모만 멀쩡한 노답 오빠……."

"지금 이 분위기에서 욕을 한다고?! 그리고 그건 너도 마찬가지 잖아!"

"나는 공부 잘하거든?! 선배랑 오빠가 다니는 대학도 들어가고도 남을 성적이라고!"

"내가 합격한 시점에서 그건 자랑이 아니잖아…… 아까도 뜬금 없이 이상한 속담이나 늘어놓고. 그런 부분을 노답이라 하는 거야."

그렇게 말하며 얼굴을 찌푸린 오빠에게 나는 신고 있던 슬리퍼를 던지려고 하다가――그만뒀다.

싸움은 비슷한 수준에서만 벌어진다. 내가 오빠에게 화내지 않고 어른스러운 모습을 보임으로써 노답이 아니라는 것을 증명하는 것이다.

"원래 이야기로 돌아가서, 나는 네가 좋아하는 사람의 베프야. 당연히 너보단 내가 모토무를 더 잘 안다는 말이지. 그냥도 아니고 훨씬."

"지금 자랑해?!"

"자랑은 아닌데…… 너 지금 나한테 그렇게 대하면 후회할 텐데?"

"뭐?"

"애당초 나한테 상담하자 한 것도, 나라면 어떻게든 해 줄 수 있을 거라 생각해서 그런 거 아냐. 그런데 내가 점점 기분이 상해 가네? 이걸 어쩌지?"

오빠가 사악한 미소를 짓는다.

그 모습을 보고 나는 핏기가 삭 가시는 것을 느꼈다.

그래, 맞아. 내가 오빠한테 부탁하러 왔지. 선배랑 친해지고 싶고, 변하고 싶으니까 도와 달라고——

"아카리, 사람한테 부탁을 하려면 그에 맞는 태도를……."

"부탁할게, 오빠! 힘 좀 빌려줘!"

"태세 전환 속도 무엇?!"

생각할 것도 없이 나는 바닥에 머리를 대고 쬈다.

재패니즈식 예법, 도게자(土下座). 고대로부터 전해 내려오는 가장 공손하고도 굴욕적인 인사법이다.

"동생아, 그렇게까지 필사적인 모습을 보니 이 오빠, 좀 여러 가지로 걱정이 된다……."

"그치만…… 그치만 너무 괴롭단 말이야! 학교에 가도 이제 선배는 없어! 매일 이런저런 수를 써서 오빠 도시락을 숨기거나, 혹은 먼저 들고 가서 점심시간에 가져다주는 김에 선배를 만나는 게 소소하지만 소중한 일과였는데!"

"너 그런 짓까지 했냐?! 혹시라도 도시락 못 먹을까 봐 공포에 떨었던 내 마음고생은 뭘로 보상할 건데……."

참고로 엄마도 공범이다.

도시락을 만드는 건 나지만 주방의 주인은 엄마다. 엄마를 내 편으로 만드는 것부터 계획은 시작되었다.

어렵지는 않았다. '오빠는 도시락을 미리 먹으니까 내가 점심시간에 가져다줄게'라고 말하면 프리 패스였다.

"어쨌든 이렇게 부탁할게, 오빠! 내 일생일대의 소원이야!"

"이렇게 필사적일 수가……!! 아니, 그보다 얼른 고개 좀 들어!

잘 생각해 보면 동생한테 누가 이런 걸 받냐? 이거 지금 심각한 상황이라고!"

"분골쇄신하는 마음으로 돕겠다고 말할 때까지 안 들 거야."

"요구가 너무 무거운 거 아냐?! 알았어, 도울 테니 그만해!!"

좋아, 답변 받았다.

슬쩍 올라가는 입꼬리를 감출 생각도 없이 고개를 들자, 오빠가 지친 기색으로 고개를 푹 숙였다.

"하아…… 왠지 엄청 피곤하네……."

"오빠, 한숨을 쉬면 행복이 달아난대."

"그러게……."

어쩐지 이 이상 말을 걸면 안 될 거 같아서 나는 고개 숙인 오빠 앞에서 기다렸다.

몇 분 뒤——

"……생각났다."

"응?"

"생각났어. 아카리랑 모토무를 확실하게 붙여 놓을 방법."

"정말?!"

확실하게 붙여 놓는다는, 굉장히 듣기 좋은 말에 나는 자리에서 벌떡 일어났다.

아무래도 오빠는 고개를 숙이고 있는 동안에 구체적인 계획을 짜고 있던 모양이다!

굉장해! 든든해! 그런대로 좋아!

"잘 들어, 아카리. 이 작전은 조금 위험해. 운도 따라야 하고, 무엇보다 네 각오가 필요해."

"가, 각오……!"

"그렇지만 이 작전의 1단계가 성공하면 기간은 한정되겠지만 너는 모토무와 언제든 대화를 할 수 있어."

"그, 그런 멋진 작전이 있다고?!"

"그뿐만이 아니야…… 한 지붕 아래에 살 수도 있지!"

"하, 하, 한 지붕?!"

그건 그냥 결혼이잖아!

"어때, 이 작전에 대해 듣고 싶냐……?"

"듣고 싶어! 들을래! 지금까지 살아오면서 제일 알고 싶다고 생각한 정보일 수도 있다는 마음으로 듣고 싶어요!"

"알았어. 그럼 그 전에——"

오빠는 아까 나에게 던졌던 티슈를 가리키며 말했다.

"코피부터 멈춰."

"어? ……아."

너무 흥분한 탓인지 내 코에서는 피가 뚝뚝 떨어지고 있었다.

소녀로서 코피는 금지 사항이지만 지금은 그런 것보다 이야기를 계속하는 게 중요하다. 나는 얼른 티슈로 코를 틀어막고 다시 오빠를 봤다.

오빠는 "기껏 미소녀로 태어나 놓고 저 꼴이 뭐냐…… 쯧" 하고 중얼거렸지만 무시했다.

"그래서 오빠. 나는 뭐 하면 돼?"

"아, 그래. 그럼 말한다. 아카리. 너는…… 물건이 되어라!!"

거침없이 내뱉는 그 말에 나는 순간 굳어 버렸다.

머릿속이 무한 로딩에 빠진 느낌. 하지만 곧 뇌는 오빠의 말을 이해했고, 그리고——

"힉……!"

나는 본능적으로 자신의 몸을 지키듯이 팔로 몸을 감싸 안으며 오빠에게서 멀어졌다.

"잠깐만, 아카리! 이상한 의미로 말한 게 아니야!"

"이 저질! 그건 몸을 팔라는 말이잖아! 각오하라는 둥 심각하게 말하더니 동생한테 그런 걸 권해? 인간 실격이야! 엄마한테 이를 거야!!"

"아니라니까! 몸을 팔라는 말이 아니라고! 내가 동생한테 설마 그런 짓을 시킬 무자비한 사람으로 보이냐?!"

"아니…… 아니다, 아닌 줄 알았어. 방금 전까진."

"내 주가가 대폭락했네?!"

동생의 몸을 팔려고 하는 짐승 같은 오빠는 오빠 업계에서 퇴출당해야 마땅하다. 그런 업계가 있는지는 모르겠지만.

"내 말 좀 들어 봐, 아카리! 내가 말한 건 모토무의 것이 되라는 말…… 아니, 수습이 안 되잖아?!"

"뭐? 선배의 것……? 뭐야 그 위험한 말은……!!"

"잠깐만, 아카리? 왜 눈이 초롱초롱 빛나는데? 내가 말은 하긴 했는데 이번에는 내가 깬다?"

"오빠, 계속해. 이어지는 내용에 따라서 평가 개선도 검토해 볼게."

다시 똑바로 고쳐 앉은 나를 보고 오빠는 어이없다는 표정을 지으면서도 다시 이야기를 하기 위해 헛기침을 했다.

"잘 들어. 모토무 입장에서 보면 지금 너는 '내 여동생'으로밖에 안 보여. 아는 사이라고 하기도 민망할 수준이지."

"으……."

"하지만 그렇다면 나를 통하면 돼. 나라면…… 그래, 여름 방학 동안만이라도 너를 모토무의 집, 그것도 독립해서 혼자 사는 집에서 지내게 해 줄 수 있어!"

"선배의 집, 그것도 독립해서 혼자 사는 집에서……?!"

"그리고 명분은 어떻게 만들 거냐면…… 내가 모토무에게 돈을 빌릴 거야."

"뭐?"

나는 갑자기 웬 영문 모를 소리냐고 의아해했지만, 오빠는 한없이 진지한 표정을 짓고 있었다.

"하지만 나는 그 돈을 갚을 수가 없었고, 그 손실을 보전해 주기 위해…… 너를 빚의 담보로 모토무의 집에 보내는 거야!"

"그 말은 즉…… 내가 오빠가 진 빚의 담보로 선배의 것이 된다는 말이야……?"

"그래. 솔직히 동생을 인질로 잡히는 것 같아서 오빠로서는 마음이 아프지만 말이야."

그래서 물건이 되라고…… 아까 오빠가 한 악마 같은 말은 그런 의미였던 거야.

선배의 집에서 지낼 수 있다는 건 몹시 매력적이지만, 과연 정말로 그 방법이 통할까?

"근데 선배가 이상하다 생각하지 않을까?"

"확실히 구실로 삼기에는 이상할 수 있지만, 그냥 가서 지내고 싶다고 하면 통할 리가 없을 테니까. 그러면 우리 집에서 지내라고 하겠지. 남매니까."

"하긴…… 그게 자연스럽겠지……."

"설령 내가 말도 안 되는 이유를 준비해도 여자애가 남자 집에서 지내는 건 좋지 않다면서 아는 여자네 집으로 데리고 갈 수도 있어. 뭐, 그게 그 녀석의 좋은 점이기도 하지만. 여고생이 왔다고 땡잡았다고 생각하는 경박한 놈이라면 나는 무슨 수를 써서든 너를 넘겨주지 않을 거야."

오빠 말에는 틀린 것이 하나 없었다. 선배의 성격을 생각하면 어렵지 않게 그런 엔딩을 상상할 수 있었다.

그리고 오빠가 말한 대로 그것이 선배의 좋은 점이고. 나는 그런 성실한 점도 굉장히 좋아한다.

"뭐, 그 녀석은 막무가내로 생떼를 부리면 약한 구석이 있지. 저쪽이 상식으로 무장한다면 우리는 비상식으로 승부한다. 사전에 도망칠 길을 사방팔방 다 끊어 버리면 돼."

"도망칠 길……."

"명분은 뭐라도 상관없지만 빚의 담보라는 구실이 제일 쉬워. 내가 돈을 빌리고 안 갚으면 되니까! 그리고 너는 내 책임을 떠안고 짐을 싸서 예고도 없이 찾아가는 거지."

"무작정 밀고 들어가란 말이야……? 그런 대담한……."

"못하겠다는 말은 하지 마. 나도 친구한테 '돈을 빌리고도 갚지 않는 한심한 놈'이라는 인식이 박힐 걸 각오하고 하는 거야. 할 거면 너도 목적을 위해 체면 따위 버릴 각오를 해."

"오빠……."

대답은 나와 있었다. 선배와 어떤 관계가 되고 싶다든가, 같이 지내고 싶다든가 그런 이야기가 아니라, 모든 것의 대전제.

선배와 만나고 싶다. 이야기를 나누고 싶다. 그 소원을 이루려면——

"알았어. 나 할게!"

이렇게 해서 우리 남매는 선배를 공략하기 위해 일생일대의 연극을 펼치게 되었다.

꼭 쥔 주먹을 가슴에 댄 채 결심하는 나. 그런 나를 보며 오빠는,

"뭐, 근데 망상만으로 코피를 흘리는 상태면 한 지붕 아래에서 사는 건 꿈속의 꿈이겠네."

"윽……! 내성 키울 거거든?! 아직 여름 방학까지 시간도 있고……! 오빠에게도 도움받을 거야!"

"공부나 하세요, 수험생 씨."

그렇게 냉정하게 지적을 하는 오빠지만, 이러니저러니 해도 동생 사랑이 끔찍한 오빠다.

내 요구대로 오빠가 고등학교 시절에 찍어 둔 선배의 사진들(나는 이걸 보물이라 부르고 있다)과 졸업 앨범(사진을 보다 보면 여자들이 선배를 쳐다보는 것도 여기저기 보였다)을 받았다. 그리고 그것들을 매일 섭취하면서 나는 선배에 대한 내성을 키워 나갔다.

처음에는 선배의 멋지고 귀여운 용안을 과잉 섭취해 숨이 차거나 심장이 계속 세차게 뛰거나 하는 금단 증상이 나타나서, 학교에서 릿 쨩이 '무슨 위험한 약이라도 하고 있어?' 하고 걱정할 정도였다.

하지만 어떻게든 흥분을 억누른 결과, 점차 호흡 곤란과 빈맥은

선배 성분을 섭취했을 때 오히려 안정되는 수준까지 도달했다.

　그런 준비를 하면서 동시에 아빠, 엄마가 걱정할까 봐 모의고사
나 정기 시험 때 전교 1등을 유지할 수 있게 학업을 병행하였다.
그리고 그 노력이 빛을 발해 고3 여름임에도 장기 외박을 허락받
을 수 있었다.
　명목상 오빠 집에 지내는 것으로 되어 있지만 사실 진짜 지내는
곳은……!

　오빠가 보내 준 선배의 집 주소 문자를 스마트폰 화면에 띄운
채 점점 커지는 심장의 고동을 진정시키듯이 심호흡을 반복한다.
　한여름 태양 빛이 살벌하게 내리쬐는 가운데, 나는 일사병과는
다른 이유로 쓰러질 것 같은 몸을 간신히 지탱하면서 덜덜 떨리는
손을 필사적으로 뻗었다. 그리고…….
　"꿀꺽…….”
　벌써 몇 번째인지 모를 마른침을 삼키고는, 가까스로 나는——
　——딩동.
　선배의 집 인터폰을 눌렀다.

　나는 여름이 정말 좋다.
　내가 처음 사랑을 알게 된 시작의 계절.
　지금까지 몇 번이나 후회와 자책을 하기도 했지만, 그래도 기쁜
일이 훨씬 더 많았다.

그리고 이 여름. 고등학생으로서 마지막인 여름.

더위와는 또 다른 열감과 심장 고동 소리를 들으면서 나는 몇 십, 몇백 번이나 연습했던 말을 입에 담았다.

그리고 확신했다.

"오랜만이에요, 시라기 모토무 선배. 오빠가 빚 담보로 가라고 해서 왔어요. 앞으로 잘 부탁드려요."

나는 여름을 더욱 좋아하게 될 거라고.

후 기

『친구에게 500엔을 빌려줬더니 빌린 돈의 담보로서 여동생을 보내왔는데, 난 대체 어떡하면 좋을까』를 구입해 주셔서 진심으로 감사드립니다.

작가 토시조입니다.

이 작품은 가쿠요무에서 개최된 제2회 패미통 문고 대상에서 특별상을 수상하고 출판하였습니다.

수상 발표가 2020년 10월 16일. 그리고 발매일이 2021년 9월 30일로 약 1년이 걸렸지만, 이렇게 독자 여러분께 무사히 선보일 수 있어서 그저 다행이라 생각하고 있습니다.

이 작품은 제목 그대로 느닷없이 친구 여동생이 들이닥치는 이야기입니다.

상당히 두근두근한 상황이지만…… 만약 실제로 그런 상황이 된다면 어떻게 하는 게 정답일까 하는 생각을 요즘 새삼 하고 있습니다.

친구의 가족이란 왠지 접점이 있는 것 같으면서도 실은 전혀 모르는 남보다 먼 존재가 될 수 있다고 생각합니다.

생각해 보세요. 친한 친구라도 굳이 가족을 소개해 주는 상황은 꽤 드물지 않습니까?

친구 집에 놀러 가서 화장실에 가는 타이밍에 친구의 형제랑 딱 마주치고 '아…… 안녕, 하, 하하……' 하는 어색한 상황이 벌어지기도 하고…….

그렇게 가까운 듯하면서 엄청나게 먼 친구 여동생과 러브 코미디── 제가 말하기 뭐하지만 흥미롭습니다. 환상적이에요. 최고의 상황입니다. 제 입으로 말하긴 뭐하지만요!!

이 작품을 쓰면서 가장 즐거웠던 캐릭터는 역시 메인 히로인 미야마에 아카리였습니다. 모토무와의 거리에 절망하면서도 그래도 포기할 수 없고, 오빠의 부추김에 자포자기에 가까운 용기를 최대한 쥐어짜 내는──젊기에 가능한 저돌적인 행동과 내성적인 성격에서 오는 소심함과…… 히로인이 한 명밖에 없기 때문에 그녀의 매력도 한껏 끄집어낼 수 있었던 거 같습니다.

한 명이라도 더 많은 분들이 이 '미야마에 아카리'라는 여자아이를 좋아해 주셨으면 정말 좋겠습니다.

일러스트를 담당해 주신 유키코 선생님께도 정말 귀엽게 그려 주셔서 감사&감사를 드립니다.

컬러 일러스트 중 한 장만 빼고 나머지가 전부 아카리입니다…… 여러 표정을 볼 수 있어서 최고였습니다.

그리고 그런 아카리의 활약을 놀랍게도 만화로도 볼 수 있게 되었습니다!

WEB사이트 '전격 코믹 레굴루스'에서 연재가 진행 중입니다!

만화 쪽을 담당해 주고 계신 분은 카네코 코가네 선생님! 아카리가 귀여워서 행복합니다!

　만화는 작가로서가 아니라 그저 한 명의 독자로서 기대하는 중입니다. 부디 여러분도 함께 즐겨 주세요!

　또 그리고…… 작품과는 관계가 없는 홍보 좀 하겠습니다.

　홍보해도 된다고 허락받았으니까! 합니다?!

　실은 저…… 현재 새 작품을 준비 중에 있습니다.

　제목은…… 두둥!

　〈백합 사이에 낀 내가 자연스럽게 양다리를 걸치게 된 이야기 (가제)〉

　이건 오버랩 문고에서 가을 이후에 발매될 예정입니다.

　제목에서 알 수 있듯이 여자들의 러브 코미디입니다.

　저에게는 첫 도전이지만 아카리 시점의 이야기가 재밌었다고 느끼셨던 분들은 정말로, 무조건 재밌으실 거라 생각합니다! (강한 어투는 자신감의 발로)

　이 작품에 관한 것은 제 X(구 Twitter)에서 계속 공지할 예정이므로 관심 있으신 분들은 꼭 팔로우해 주세요!(노골적인 유도)

　이런저런 이유로 마지막에는 작품에서 벗어난 이야기를 잠시 했지만…….

　다시 한번 관계자 여러분께 감사 인사 드립니다.

　일러스트를 담당해 주신 유키코 선생님, 만화를 담당해 주고 계신 카네코 코가네 선생님, 패미통 문고 편집자님, 전격 코믹 레귤루스 편집자님, 그 밖에 많은 분들께서 애써 주셔서 이 작품이 세상에 나올 수가 있었습니다.

　그리고 이 작품을 구매해 주신 독자 여러분께 감사 인사를 드립니다.

　독자님들께서 구매해 주신 한 권 한 권이 미래로 이어집니다.

　앞으로 이 시리즈가 어떻게 전개될지는 매출과 여러분이 얼마나 관심을 가져 주시는지에 따라 결정되겠지만, 이 은혜를 갚고자 열심히 하겠습니다!

　(만약 재밌다고 느끼셨으면 부디 가벼운 마음으로 감상이나 리뷰를 써 주시면 감사하겠습니다. 제가 행복해집니다. 싱글벙글 웃으면서 소중하게 읽겠습니다)

　이제 페이지가 거의 남지 않았습니다.

　다시 한번 이 작품과 인연을 맺어 주신 여러분께 감사드리며, 이 작품이 독자 여러분에게 행복한 시간을 드릴 수 있기를 바라봅니다.

토시조